平凡な私に告白してきたのは
ずっと好きだった
付き合って下さい
密かに憧れてた高槻《たかつき》礼央《れお》君
えっレオ もう罰ゲーム実行したのかよ!
あんなブスに告るなんてほんとすげー
…そうだよね
私なんかを本気で好きになるわけないよね…

見返してやれよ
兄ちゃん?
大変身して
悔しがらせて
やれよ
これが・・・私?
信じられなかった
鏡を見て
自分をかわいいと
思う日が来るなんて

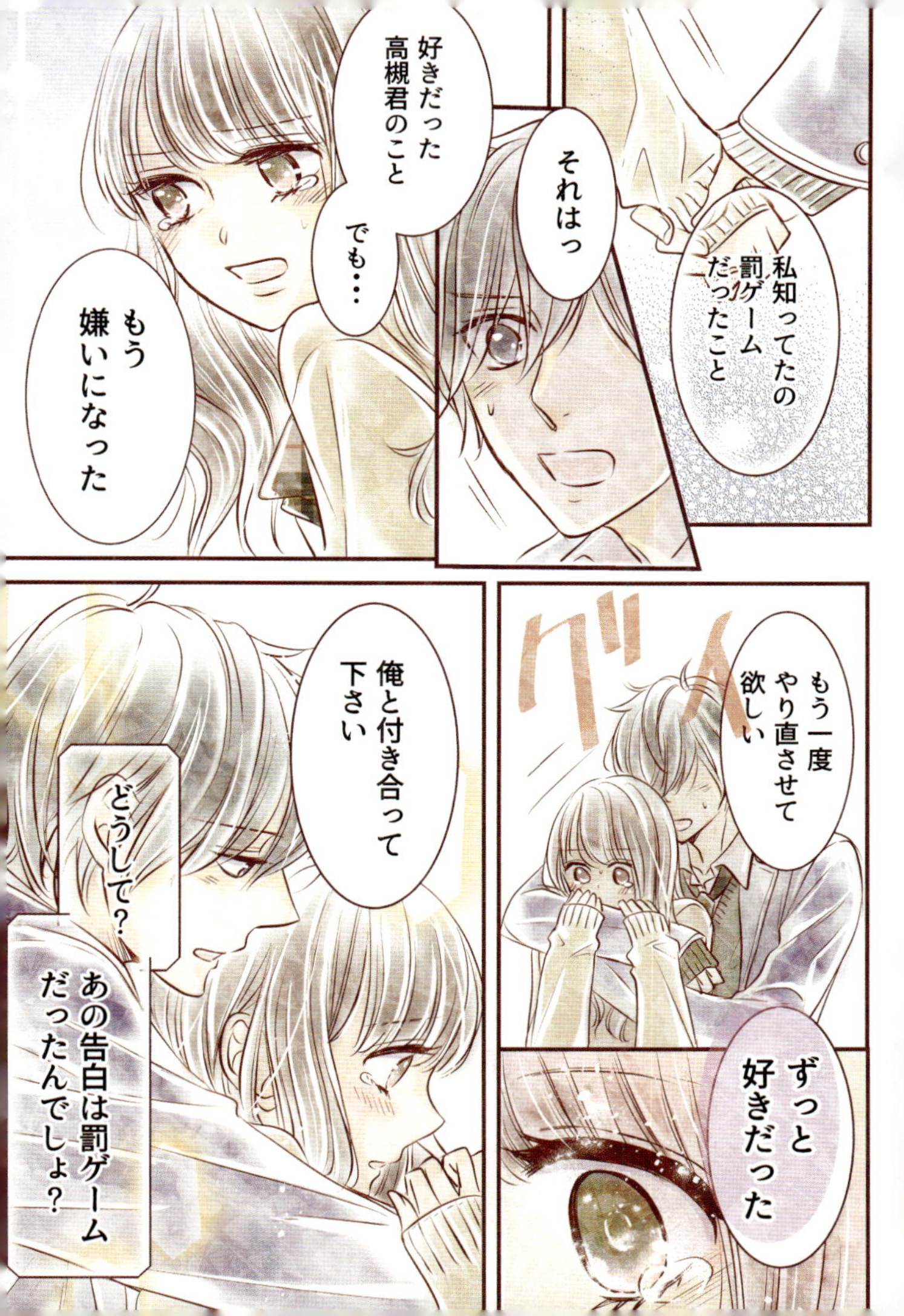
私知ってたの
罰ゲームだったこと
それはっ
好きだった高槻君のこと
でも・・・
もう嫌いになった
もう一度やり直させて欲しい
グイ
ずっと好きだった
俺と付き合って下さい
どうして？
あの告白は罰ゲームだったんでしょ？

俺は絶対あきらめない
断られてもあきらめる気ないから
どんなに苦しい事が起きたって
高槻君がそばにいてくれる
だから私はもう…
自分を絶対あきらめたりしない

野いちご文庫

ずっと前から好きだった。

はづきこおり

STARTS
スターツ出版株式会社

contents

ずっと前から好きだった。

characters

小《こ》塚《づか》奈《な》央《お》

高1。明るい性格だったけど、子どもの頃の出来事がきっかけで自分に自信が持てず、目立たぬよう生きている。ずっと気になっていた礼央と付き合うことになるけれど、ある事情から、礼央を見返すため大変身をすることに。

星《ほし》野《の》彗《せい》

礼央のグループのリーダーで校内イチのモテ男。チャラくて女の子が大好き。変身後の奈央に、何かとまとわりつく。

奥《おく》田《だ》朝《あさ》子《こ》

奈央と同じクラスで超秀才。タイプは違うけれど、奈央は親友だと思っている。正しいことを正しいと言える人。

高《たか》槻《つき》礼《れ》央《お》

校内の人気グループに所属していてモテるが、無自覚でマイペース。奈央に告白して付き合うことになるけれど…。

学年で一番地味で暗い私……、
小塚奈央《こづかなお》に告白をしてきたのは、
学年屈指の人気を誇る高槻礼央《たかつきれお》くんでした。

ねえ、約束しようよ。
私が最初のひとりになる。
だから、キミはふたり目ね。
きっとできる。
だから最後まで、あきらめないで。

恋と私と青い春。

一章
ゆるせない

綿雲《わたぐも》、水蒸気

天国から地獄へ。

それってきっと、こういうときのことを言うんだ。

人がばらばらと帰っていく放課後の生徒玄関で、私はそう思った。

汚れた靴を手に取った私が体を震わせていると、靴箱の向こうから楽しげな笑い声が聞こえてくる。

「え、お前、もう罰《ばつ》ゲーム実行したのかよ！」

「ギャハハ、すげーよレオ。尊敬する。あれはない」

声を聞けばすぐにわかる。

彼らは学年で、もっとも注目されているから。

まるで誰かがスカウトして作り上げたみたいな、最上級のルックスを持つ男子だけで構成された、我が校の人気グループ。

そんな彼らが、仲間のひとりに賞賛を浴びせている。

「やべーレオ、最高だわ。惚《ほ》れ直した」

「レオくんの勇気をたたえ、カラオケでも行こうぜ」

『レオ』とは、高槻礼央くんのこと。

ほかのメンバーたちと違って、髪を染めたりピアスを開けたりしていない高槻くんは、グループの中では目立たない存在だ。

それでも私は、入学したときからずっと彼だけを目で追いかけていた。

だから、純粋に、すごくうれしかった。

「あんなブスに告るなんて、ほんとすげーよ」

すごい、とはやし立てる声に、「バカだ」と笑う声が混じる。

ローファーにかけた手が、震えた。

亀裂が入って天井が一気に崩れ落ちたみたいに、私の心は乱暴な笑い声にあっけなく砕かれる。

『ずっと好きだった。付き合ってください』

ほんの数時間前にかけられたキラキラ輝いていた魔法の言葉は、毒々しい煙に包まれ消えてしまった。

「高槻……礼央」

ローファーを掴《つか》んだ右手が、ギリギリと震える。

——これは、私が〝変わる〟ための、物語だ。

すべての色を飲み込んでしまうような漆黒《しっこく》の髪は、両サイドできつく三つ編み。スカートは膝《ひざ》が隠れるくらいの長さで、シャツのボタンは、もちろん首までぴっちり留めている。

生徒手帳に載っている【正しい制服の着方】を、忠実に体現している生徒は、きっと私しかいない。

おまけにメガネまで装着していれば、男子たちから『地味ブス』とあだ名をつけられても、女子たちから『暗くてなんか不気味』と言われても、やむを得ない。

それでも私……小塚奈央は、入学以来続けているこのスタイルを崩すつもりはない。

「奈央は高校生活、捨ててるからな」

「そう、高槻くんだけ見つめていられれば、私は道ばたの雑草で構わな――」

そこまで言いかけ隣の窓際の席を睨《にら》んだ私は、

「別に捨ててるわけじゃないし」

と、すぐに言い直す。

隣の席に座るのは、同じクラスの奥田朝子《おくだあさこ》。

真っ黒な毒キノコみたいなボブ頭を微動だにせず、さっきからずっと参考書に目を落としている彼女は、私の唯一の話し相手だ。

私に及ぶ勢いで正しく制服を身につけているけれど、埋もれた存在どころか、学年にその名をとどろかせている。

朝子はビリから数えたほうが早い私と違って、定期テストで毎回一位を飾る才女なのだ。

ちなみに、男子たちが彼女につけたあだ名は『勉強のできる地味女』だ。

『ブス』とつかないあたりに、学年トップへの敬意が表れている。

「休み時間まで勉強するなんて、頭が痛くならない？」

「……」

私が聞いても、朝子は答えることすらしない。

まるで呼吸をするように、難しい言葉や公式を次々と飲み込んでいくのだ。

辞書みたいに分厚い参考書のページが、窓から入り込んだ風でぱらりとめくれる。

次の瞬間、視線を上げた朝子が「お……」とつまらなそうに声を上げた。

「高槻礼央……」

「え、どこどこ⁉」

彼女の視線を追って窓から身を乗り出すと、中庭のベンチにたむろする男子たちが目に入った。

〝類は友を呼ぶ〟なんてことわざを地でいっているような彼らは、揃いもそろって顔が整っていて、校内では『顔面偏差値トップ五』なんて呼ばれている。

どこにいても目を引く彼らは、私とは対極の存在だ。

そんなグループの中に、高槻礼央は属している。

黒髪の男子が大半を占めている校内において、高槻くんの髪色も例外ではなく黒髪。

でも、茶髪の男子しかいないトップ五の中にいるせいで、高槻くんの存在はとても目につく。

いや、もしあの輪の中にいなくても、私は彼の姿を一瞬で探し出せる自信がある。

「何がそんなにいいんだ？　話したこともないくせに」

朝子の口調はいつも男子みたいにぶっきらぼうで、おまけにひんやりしている。

参考書から目を離すことなく、私の観察対象に興味はないけど、とりあえず義理で聞いている、といった感じの声音だ。

「見た目がどストライクなの！　髪型も背の高さも、スタイルも、顔の形も、目鼻立ちのバランスも！」

興奮気味にまくしたてると、朝子の呆《あき》れた声が水を差す。

「髪型なんていつ変わるかわからないし、身長だって伸びるし、急にデブになるかもしれないし、ケンカして顔面ボコボコになったら顔つきだって多少――」

「そういうんじゃなくて！」

勉強にしか興味のない彼女には、きっとこの感情はわからない。

私は言葉を続けた。

「そういう、私の好みにドンピシャな彼が好きっていうか、見た目もひっくるめて全部が好きっていうか……」

ほかの四人みたいに女の子にヘラヘラ笑いかけないところとか、むしろ無表情で何を考えているかよくわからないところ。

仲間と話をしているようで、じつは花壇の花を見ているところとか、ぼうっと空を見上げているところ……。

「あんな華やかな連中の中にいるのに、浮いちゃうくらいマイペースなところもすごくいい」

「つまり、自分にできないことをやってのける高槻に、憧《あこが》れているってことだな」

こうやって、朝子には自分の都合で物事を解釈して話を終わらせようとするところがある。

人の意見をバッサリ切ったり、いつでもどこでも参考書を広げたり、空気を読まない朝子のまわりには、最初から人がいなかった。

他人に関心がない彼女はそれでも気にならないらしく、平気な顔をしている。

人と関わるのは怖いけれど、だからといってひとりでいるのが寂しい私は、朝子が何も言わないのをいいことに、彼女に話し相手をしてもらっているのだ。

沈黙は苦手だから自分の話をして、その都度バサリと切られて……。

それでも、「勉強の邪魔だ」と言われたことは一度もなかった。

地味で暗い見た目なのに、よくしゃべる私は、朝子から『ネクラ詐欺《さぎ》』なんて呼ばれることもしばしばだ。

「あの連中は、褒められた性格じゃない」

「え……?」

朝子の声に振り返ると、

「と、クラスの女子が言ってたぞ」

彼女は相変わらず目を参考書に落としたまま、つまらなそうに言う。

いっさいの感情を交えず、事実をそのまま伝達するような口ぶりで。

窓の外に広がる綿雲から視線を下ろすと、ベンチに寝そべったり、だらしなく寄りかかったりしながら談笑する彼ら『顔面偏差値トップ五』の姿が見える。

その周囲には、いつものように派手な女の子たちが群がっていた。

まるで限りある花の蜜《みつ》を奪い合う蝶《ちょう》みたいだ。

「高槻くんは、違うよ」

やっぱり女の子に囲まれているけれど、楽しそうな様子もないし、どこか上《うわ》の空に見える。

ほかの浮ついた男子たちとは比べ物にならないくらい、誠実なのだ。

「私、彼と話したことないわけじゃ、ないし……」

めずらしく興味を惹《ひ》かれたのか、私の言葉に朝子が目だけを動かしてこちらを見る。

「朝子も近くにいたよ？」

「そんなことあったか？」

「もう……まぁいいけど、あのね……この間、拾ってもらったの」

話しながら、夢みたいだった時間へと思いをはせる。


あれは一週間前、夏休みが明けたばかりで、まだ大半の生徒が浮き立っていた日のことだ。

生物室に行く途中の廊下で騒いでいた男子にぶつかられた私は、両手に抱えていた教科書の上からペンケースを落としてしまった。

ぶつかった男子はぶつかったことにすら気づいた様子がなく、人通りもそれなりにあったけれど、私の存在は誰にも見えていないようだった。

むしろ、それは私の望むことだった。

これまでそうしてきたように、誰とも関わらず、誰にも気にされず、残りの二年半もただ授業を受けて無事に卒業することが、私の求める学校生活だったから。

人と関われば必ず摩擦が生じて、思わぬ悪意をぶつけられて、きっとまた傷つけられる。

それが嫌だから受験勉強を頑張って、中学の同級生が誰も行かないような学区外のちょっとした進学校に入った。

高校に入れば、自分を取り巻く環境がまるごと変わって、新しい世界が開けるのだと信じていたから。

でも、中学生の間に夢中で張り続けていたバリアは、知らない間に厚みを増して、内側からでは破れない頑丈な殻を作り出していた。

握り拳《こぶし》で強く叩《たた》いても、ヒビひとつ入らない鉄の卵みたいに。

内側からは、どうやっても生まれ変わることができない。

おまけに無理して入った学校では、勉強についていけず落ちこぼれる始末だ。

新しく生まれ変わることができず、さらに地味で暗いまま勉強もできない私は、教室の隅で目立たないように呼吸をして、静かに高校生活をやり過ごすことだけに全力を注いでいた。

そんな味気《あじけ》ない学校生活の中での唯一の楽しみが、高槻くんを目で追うことだったのだ。

教科書を抱えたまま、転がったペンケースを拾うために身を屈《かが》めたとき、男子の足が目に入った。

次の瞬間、細くて長い指が伸びてきて、私のペンケースを拾い上げた。

ハッとして顔を上げる。

黙ってそれを私に差し出す彼……高槻くんを見て、心臓が止まるかと思った。

一方の高槻くんは、いつまでもペンケースを受け取らない私を、無表情な顔のまま見つめた。

私は、自分が幽霊なんじゃないかと思うことがあった。

朝子とだけ話す、朝子にしか見えない実体のない影。

それが嫌だったわけじゃなくて、むしろ、その存在の薄さが心地よかった。

誰も私に気づかない。誰にも見えていない。

それはとても自由なことのように思えていた。

それなのに、高槻くんは……。

よりによって高槻くんが、私の存在に……気づいた。

両手がふさがっていた私は、黙って彼を見つめることしかできなかった。

あまりにも驚いて、お礼の言葉も出てこなかった。

高槻くんは結局、生物の教科書の上に私のペンケースを置くと、そのまま通りすぎていった。

「なんだ。話はしてないじゃないか」

朝子が小さなため息をこぼした。

「たしかに、言葉を交わしたわけじゃないよ」

それでも高槻くんと、視線を交わしたのだ。

彼の目は、きちんと私の輪郭をとらえた。

「もういいよ。朝子には……わかんないよ」

まぶしいくらい自分に自信があって、まわりからの声に傷つくどころか跳ね返してしまうほどの強さを持つ彼女には、きっとこの気持ちはわからない。

「ふうん」

彼女はそう言うと、もうそれ以上何も言わず参考書のページをめくった。

怒ることもしない。

私に何を言われたところで、気分を害する理由にはならないのだ。

窓からの風は、夏の残りをさらってきたみたいにほんの少しだけ湿っている。

背後で、朝子が風に邪魔されないよう参考書を押さえる気配がした。

さりげなく首をまわして、机からまっすぐ生えたように身じろぎひとつしない彼女を視界に留める。

毒キノコに養分を取り込むために、分厚い知識の束に目を落としている朝子。

私たちは、仲がいいわけじゃない。

ただ、私がまとわりついているだけだ。

友達になろうと約束したわけでもないし、お互いに友達だとも思っていないかもしれない。

そもそも友達がどういうものかも、私にはわからなかった。

そういう対象がいたのは、もうはるか昔のことで、すっかり忘れてしまっていた。

「……小塚さん」

一度も話をしたことのないクラスメイトの女子に声をかけられたのは、昼休みが終わる十分前のことだった。

朝子の隣でお弁当箱を片づけていた私は、突然のことに驚いて返事もせずに固まった。

そんな私を不気味そうに見下ろし、彼女はドアのほうを指さした。

「呼んでる」

指の先を追って、私は目を疑った。

教室のうしろのドア枠にもたれるようにして立っていたのは、高槻くんだった。

「話がある」と言って歩き出した大きな背中に連れていかれたのは、ひと気のない校舎裏。

芝生のはげた地面は乾いていて、フェンスに添うように名前も知らない雑草が生い茂っている。

敷地の隅まで歩いていくと、彼は振り返った。

私を見て、わずかに眉《まゆ》をひそめる。

「……遠い」

いつもの癖で木に隠れるようにして彼を見ていた私は、慌てて日陰から飛び出した。心臓が、これまで経験したことがないくらいバクバクと跳ねている。

高槻くんは表情を変えないまま、まだ遠い、と言うように手招きをした。

広い胸の前でゆっくり上下する手のひらに、引き寄せられるように近づいた。

お互いがまっすぐに手を差し出せば、指先が触れ合うであろう距離。

こんなに近くに立つのは、ペンケースを拾ってもらったとき以来だ。

そんなに遠くない過去の記憶が、目の前の光景と重なるようにして思い出される。

遠くから見ていられれば満足だった高槻くんが、私の正面に立って私の輪郭を目に映している。

一生のうちに何度か起こる数限られた奇跡に、私は短期間で二回も遭遇《そうぐう》してしまったのだ。

こんな機会は、きっともうない。

だから間近で見る彼の顔を、瞳《ひとみ》を……目に焼きつけようと思った。

そのとき。

「小塚奈央」

フルネームを呼ばれて息をのんだ。

三度目の奇跡。

そして……。

「ずっと好きだった。付き合ってください」

私の目をまっすぐ見て、高槻くんはそう言った。

教室に戻るまで、私はたぶん宙《ちゅう》に浮いていたはずだ。

地面を踏みしめた感覚がない。

私だけ地球の重力から解放されたみたいに心も体もフワフワと漂っていて、自分の席までたどりつくのにずいぶん時間がかかった。

「どうした？」

隣から朝子の声がしたとたん、世界が色鮮やかになる。

眠っていた感覚が急に冴《さ》えたように、体の中で暴れはじめる。

寒くもないのに、全身が震える。

「告白、された」

心臓が踊り狂って、教室の中をわけもなく走りまわりたい衝動にかられた。

イスの上で縮こまって、あふれ出しそうになる感情を必死に抑える。

そんな私を横目で見て、朝子はポツリと言った。

「……へえ。よかったじゃないか」

「うん、信じられない。うれしい」

誰にも気づかれないよう息をひそめて過ごしていた学校の中で、こんな気持ちを手にすることができるなんて思ってもみなかった。

「信じられない……か。たしかにな」

遠くを見るようにつぶやいて、朝子は続ける。

「で、告白されたって、付き合うのか？」

「うん。また明日って。迎えにくるって」

ドアが開いて英語の先生が姿を現すと、朝子はそれきり前を向いてしまった。

教室のざわめきが薄れ、代わりに先生の声が響きはじめても、私はまだ宙を漂っている気分で……。

先生の口からこぼれる異国の言葉は、私の耳をすり抜けて、はるか遠くに聞こえていた。

高槻くんのクラスは六組で、二組の私の教室からは離れている。

でも隣の一組にトップ五のうちの、もっとも目立つ男子がいるせいか、ほかの四人が廊下を通る姿はよく見かけていた。

彼らは単体でもとても目を引く。

ひとりひとりがアイドル顔負けの顔立ちをしているのだから、仕方ない。

それでも高槻くん以外の男子は、どうあっても私の目には魅力的に映らなかった。

入学して、初めて廊下で高槻くんの姿を見たときから、彼は私にとって特別だった。

私の中でずっと眠っていた感情が、彼を一目見ただけで急に呼び覚まされたのだ。

それはまるで、はるか昔に心の奥底に置き忘れてきた大切なカケラを、思いがけず拾い上げたような気持ちだった。


そして、放課後。

掃除当番の朝子と別れ、いつもの階段を下りる。

毎日ステップを踏みながら一日が無事に終わったことにため息をついていたのに、今日はため息どころか鼻歌を口ずさんでいる。

地球の重力は感じるようになったけれど、それでも月面に立っているようにフワフワ体が軽い。

気を抜くと、飛んでいってしまいそうだ。

下校する生徒たちの明るい顔を、穏やかな気持ちで眺めながら靴箱のフタを開けたときだった。

「俺さっき見ちゃったよ。レオ、やるな、お前」

聞き覚えのある声が、向こう側から聞こえてきた。

学年ナンバーワンの異名を誇る、人気グループの頂点、星野彗《ほしのせい》の笑い声だ。

彼が呼んだ「レオ」という響きに、胸が高鳴る。

高槻くんが、すぐそこにいる。

校舎裏でぶれない視線を送ってきた彼の顔がよみがえって、幸福な気持ちでローファーに手をかけたとき、聞こえたのだ。

「え、お前、もう罰ゲーム実行したのかよ！」

「ギャハハ、すげーよレオ。尊敬する。あれはない」

普段は気にならないのに、彼らのキンキンと響く笑い声が、なぜか不快だった。

高槻くんの姿は見たいけれど、まわりの連中は苦手だ。

「やべーレオ、最高だわ。惚れ直した」

「レオくんの勇気をたたえ、カラオケでも行こうぜ」

なんだか嫌な予感までしてくる。

早くここから立ち去れと、頭の中で声がするのに、私は動けなかった。

「あんなブスに告るなんて、ほんとすげーよ」

その一瞬で、またたく間に世界から色が失われた。

忘れていた重力が何十倍にも膨れ上がって私を地面に叩きつけ、引き寄せられた隕《いん》石《せき》が天井を突き破って頭上で破裂した。

衝撃波のせいで何も聞こえない。

何も言葉にできない。

クラスメイトたちが、笑顔を咲かせながら私の横を通りすぎていく。

誰にも声をかけられず、誰にも気づかれない。

そうして私は、また幽霊に戻ったのだった。

まわる……世界がまわる。

私の存在を見ないフリして、私の意思を素通りして、嫌でも時間は進んでいく。

できることなら止めてほしい。

可能ならば戻してほしい。

靴箱の向こうの会話を耳にしてしまった、あの救いようのない時間がはじまる前に。

いや、それよりも、もっとずっと昔に戻れたら……。

こんなふうに自分で自分を見限ることには、ならなかったのかもしれない。

頭の芯《しん》が痛い。

こめかみがジンジンとうずいて、視界が定まらない。

そんな状態で家に帰ってきた私は、よろけるようにしてキッチンに向かった。

冷蔵庫から麦茶を取り出していると、二階からドタドタと足音を響かせながら誰かが下りてきた。

「母さん。俺、今日さ――て、なんだ奈央か」

振り向いた私を見て、兄の翔馬《しょうま》がギョッとする。

「おい、なんだその顔!」

駅から猛ダッシュで帰ってきた私の、ずり落ちたメガネと、汗と涙と鼻水でひどいことになっている顔を指さして、ゲラゲラと笑い出す。

「すっげーブサイク！　これはひどい！　兄として土下座してまわりたいレベル！」

体を折って「ひー！　腹痛てー！」とわめいている翔馬兄《にい》に、腹の底が煮え立っていた私は爆発した。

「うるさいバカ！　それもこれも、全部兄ちゃんのせいじゃない！」

私の叫びに笑うのをやめて、翔馬兄は眉をひそめる。

「はあ？　なんで俺のせいなんだよ。お前がブサイクなのは親のせい……」

そこまで言いかけて、はたと首をかしげた。

「……いや、俺と同じ血を引いてんだから、ちゃんとすりゃなんとかなるはず。やっぱりお前がブサイクなのは、お前のせいだ」

春から金に近い茶色に変わった髪と、平たいプレートがくっついた、やたらと鎖の長いネックレス。

去年まではクローゼットに並ぶことすらなかった、襟つきのこじゃれたシャツ。

さらに、得意げな翔馬兄の顔に目の前が真っ赤になる。

「うるさい、バカ！」

「……おい、年上に向かってそんな口の利《り》き方していいと思ってんのか⁉」

指の関節を全部曲げた悪魔みたいな形の手が伸びてきて、私はとっさに首を縮める。

そのときリビングの大きな窓が開いて、のんきな声が聞こえた。

「あら奈央、帰ってたの」

干していた洗濯物を両手いっぱいに抱えたお母さんが、私を見て笑みを消す。

「……どうしたの？」

「なんでもないっ」

翔馬兄を突き飛ばすようにして、私は急いで階段を駆け上がった。

自室に入りカバンを投げ出してベッドに飛び込むと、置いてあったクマのぬいぐるみがびっくりしたように飛び上がる。

邪魔なメガネを放り出し、枕に顔を沈めた。

塩っからい涙と一緒に、恥ずかしさや悔しさがあふれ出して嗚咽《おえつ》が漏れる。

それと同時に、告白されて舞い上がっていた分だけ、胸の痛みが喉《のど》を締めつける。

校舎裏でまっすぐな視線をよこした彼は、どんな顔をしていたっけ。

羨《せん》ましいほどくっきりした二重の目は真剣そのものに見えたけど、本当は笑いをこらえていたのかもしれない。

フラフラと立ち去る私の背中を見て、バカにしていたのかもしれない。

『ずっと好きだった。付き合ってください』

綿雲のようにフワフワと温かかった言葉は、中身なんて何もない、空っぽの水蒸気にすぎなかった。


どれくらい時間がたったのか……。

ゆっくりと枕から顔を上げる。散らかった部屋を見下ろしている収納棚には、ずらりとクマのぬいぐるみが並んでいる。

ストラップについているような小さなクマから、片手では持てないくらい大きなクマまで、すべてのクマは真っ黒な瞳で私を見つめている。

さんざん泣いて涙を流し尽くしたあと、私は枕元に転がったクマを元の位置に戻し、机の引き出しからメモ帳を取り出した。

イスに座って、ペン立てから黒のマジックペンを取る。

キャップを外すと独特のニオイがツンと鼻をつく。

心の中でぐちゃぐちゃに絡まったものを全部吐き出すみたいに、私はマジックを走らせた。

文字でも絵でも記号ですらない、ただの殴《なぐ》り書き。

メモ帳の余白がなくなるまで、ひたすら黒く塗りつぶしていく。

これだけ見たら、きっと〝危ないヤツ〟って思われる。

それでも、この作業だけが私の傷んだ気持ちを和らげてくれる。

昔から嫌なことがあると、いらない紙を色ペンで塗りつぶした。

塗りつぶすのに使うのは赤だったり黄色のペンだったりしたけれど、一番心が晴れるのは、黒色だ。

きっと私の心の色と一緒だから。心の負担を、紙に写して軽くする作業だから……。

下から「ごはんよ」と、お母さんの声が聞こえたけれど、無視をした。

お腹なんて全然すいていない。

前に嫌なことがあったときは、メモ帳を三ページ塗りつぶした。

今日は、もう六ページ目。

涙が乾いて頬《ほほ》が突っ張っている。

目の奥がジンジンする。

書いても書いても心のモヤモヤは消えない。

力を入れすぎて、メモ帳が折れ曲がってしまった。

ペンもメモ帳も、本来の役目を果たすことなく無駄になっていく。

資源の無駄づかいだって、わかっている。それなのに、今日はまったく気持ちが晴れない。

乾いたはずの涙が、またにじんでくる。

歯を食いしばって真っ黒に染まったメモ帳を破ろうとしたとき、ドアがノックされた。

「おい奈央、メシ食えよ。母さんが心配する」

翔馬兄の声に、慌ててメモ帳を引き出しに隠す。

涙をぬぐうのと、ドアが開かれるのが同時だった。

「お前、また閉じこもる気じゃないだろうな」

『また閉じこもる気……』

ドアに寄りかかって呆れたような顔をする翔馬兄を、私は睨みつけた。

「そんなつもり、ない」

「じゃあ、どうしたんだよ。言ってみろ。さもないと……」

そう言いながら収納棚に近づいて、翔馬兄は洋服を着たクマをひとつ手に取る。

「ここにあるぬいぐるみ、ひとつずつ首をもいでくぞ」

「ギャーやめて！」

慌ててイスから立ち上がる私を見て、翔馬兄はバカにしたように笑った。

「しっかしファンシーな部屋だな、おい」

ずらりと並んだクマを次々と手に取っては、眺めている。

私は気が気じゃなかった。

「いじめられっ子とか不登校児っつうのは、もっとこう暗い部屋で……ん？　このクマ、服の間に何か」

「あ、ダメッ」

クマの背中に差し込んであったメモの切れ端に気づき、翔馬兄はそれを取り出し広げた。

「ひっ、何これ、こわっ」

メモを見て固まっている翔馬兄から、慌ててそれを引ったくる。

「な、なんでもないし」

引きつった顔で私をしばらく見つめてから、翔馬兄は気を取り直すように咳払《せきばら》いをした。

「だから……なんだっけ。えーと、ほら、お前はさ、たぶん本来は、根《ね》アカな人間なんだよ」

「根アカ？」

「そうそう。根はすっげー明るいはずなんだって。昔はいじめられるどころか、いじめっ子をぶっ倒してクラスの人気者だったじゃん」

それは遠い遠い、過去のことだ。

おじいさんは山へ柴刈りに、おばあさんは川で洗濯をしていると……レベルの昔話。

私は唇を噛《か》んだ。

「小四くらいまでは元気ハツラツ少女だったのにさ、どうしちゃったんだよ、お前」

「全部、兄ちゃんのせいじゃんか」

怒りで声が震える。

記憶の中で、私のまわりにいた友達がひとりずつ影も残さず消えていく。

ひとりきりになった私が声の限りに叫んでも、誰にも届かない。

真っ白な世界。

真っ白な闇《やみ》。

「まあ、俺も多少は悪かったと思ってるって」

「多少?」

妹の人生を一八〇度変えてしまったというのに、ささいなこと、ぐらいにしか思っていない翔馬兄が腹立たしい。

本当なら口も利きたくないのに、いつも〝兄〟という権限を使ってズカズカと私の心に踏み込んでくる。

「もういい。放っておいてよ!」

手の中のメモを握りしめてそう言うと、翔馬兄がため息をついた。

「だからぁ、そうやって自分の中にこもるなよ。母さんには心配かけないって約束しただろ。とりあえず何があったか言ってみ?」

ひとたび真剣な表情を見せると、翔馬兄の雰囲気はがらりと変わる。

明るい髪色に、オシャレなんだかだらしないんだかわからない格好をしているせいで一見チャラ男に見えるけれど、もともとの顔立ちが整っているからか、表情を引きしめただけで誠実そうな空気をかもし出すのだ。

「ひとりで抱えても、苦しいだけでなんも解決しねえぞ。年の功が役に立つかもしれないじゃん」

と口を開いた。

トゲが生えた心を優しく撫《な》でられたような気がしてまた涙がにじみ、私はゆっくり

張り詰めていたものが緩む。

「う……」

「だははははは！　ば、罰ゲームって！　ダッセッ！　笑いすぎて腹痛てー！」

やっぱり翔馬兄に高槻くんのことを話したのは間違いだった。

「わかってたのに、私のバカ！　大バカ！」

思わず声に出して自分をののしった。

もう死んでしまいたい。

こうして翔馬兄には何度も騙《だま》されているのに、どうして学習できないんだろう。

自分のバカさ加減が信じられない。

部屋の真ん中で身をよじっている翔馬兄に枕を投げつけたものの、「おっと」と簡単にかわされてしまった。

「さよなら、バカ翔馬！」

ベランダに続く窓を勢いよく開ける。雲のない夜空に星がまたたいていた。

「私も星になってやる！」

手すりによじ登ろうとした瞬間、背後の笑い声が消えた。

「まあまあ、好きなヤツに騙されたからって、そうヤケになんなよ」

「半分は兄ちゃんのせいなんだけど！」

振り返ると、翔馬兄は何やら不可解な笑みを見せた。

子どもの頃から変わらない、何かを企んでいるときの、いたずらな目つきだ。

もったいぶるように含み笑いをして、翔馬兄は言った。

「見返してやれよ」

「み……かえす？」

言葉の意味が、とっさに理解できなかった。

「意味、わかんない」

つぶやくと、翔馬兄は部屋の真ん中で得意そうに腕を組む。

「大変身して、相手を悔しがらせてやれよ。俺の妹なんだから、お前だって素材はいいはずだし」

「変身て言われても……」

思い浮かぶのは、悪の組織と戦うヒロインだ。

普通どころか地味な女子高生が、世界を救うためにスーパー戦士に大変身。

「なんか違う方向に想像してんだろ」

伸びてきた大きな手に、わしゃっと頭を掴まれた。

「とりあえず……このダッサイ髪型と、ダッサイ制服をなんとかするぞ。あとメガネな。お前、裸眼で十分見えてんだろ？」

「な、何を勝手なこと言って……」

私が手を振り払うと、翔馬兄は内緒話をするように顔を寄せてくる。

「奈央がすっげーかわいくなれば、そいつは絶対に『惜しいことした』って後悔する。これ以上の仕返しはねえだろ」

「でも、私がかわいくなんてなれるわけない」

「俺にまかしとけって」

ぱちんと片目をつぶり、翔馬兄はドアまで引き返す。

「とりあえず、メシ食え」

そして、ひらりと右手を振って、真面目なんだか不真面目なんだかわからない表情を浮かべて部屋を出ていった。

散らかった部屋の真ん中で、転がった枕が寂しそうに私を見上げている。

「かわいくなって……見返す」

握りしめていたメモをゆっくり広げると、黒いインクが目に飛び込んでくる。

前に塗りつぶした、真っ黒な心の残骸《ざんがい》だ。

棚に行儀よく並んだかわいいぬいぐるみたちに、浄化してほしくて預けていた黒い感情。

「この気持ちが、晴れるの……？」

『あんなブスに告るなんて、ほんとすげーよ』

バカにしたような笑い声が頭の中をグルグルまわる。

かわいくなれれば、高槻くんは私にひどいことしたって後悔するのかな。

私をまっすぐ見つめてきた彼の顔がよみがえって、また悲しくなる。

「できないよ……」

枯れたはずの涙が、つうと頬を伝った。

「仕返しなんて、私には無理だよ……」

足元の枕を拾い上げ、ギュッと抱きしめる。

心の中の真っ黒なモヤモヤを吐き出したせいなのか、今はただ、悲しくてたまらなかった。

変わりたい、変われない

中学生のとき、私は一時期、学校に行かなかった。

まだ自分の置かれている状況を把握できていなくて、ひとりきり、という状態に慣れていない頃だった。

誰かが口を利いてくれるはずだと、小さな希望をいだいては打ち砕かれ、心を閉じるほうがずっとラクなのに、そのやり方もわからないまま毎日傷ついていた。

ひとりだけ素っ裸で教室の真ん中に座らされているように、誰かのちょっとした笑いがすべて自分に向けられたあざけりに思える。

そんな被害妄想《ひがいもうそう》が膨らんで、結局学校に行かなくなった。

そしてお母さんに、死ぬほど心配をかけたのだ。

「奈央、コーヒー淹《い》れてくれる?」

翌朝、起きてリビングに行くと、キッチンでフライパンを振りながら、お母さんが私のほうを振り返った。

私は返事をして、三つ分のマグカップにインスタントコーヒーの粉を入れた。

テレビのお天気コーナーでは、気象予報士のお姉さんが『今月いっぱいは暑さが残る』と晴れやかに笑っている。

父親は私が中学生の頃から単身赴任中で、会うのは年に何回かだけだ。

だから、お母さんは翔馬兄のことを少なからず頼りにしている。

あんなバカ兄でも、お母さんにとっては頼もしい息子に成長したのだ。

「やっべー！　一限、間に合わねえ」

うるさい足音を立てながらダイニングに来た翔馬兄が、立ったままテーブルのロールパンを掴む。

「んじゃ行ってくる」

パンにかぶりつきながらドアを出ていく背中に、慌てて声をかけた。

「お兄ちゃん、コーヒーは？」

「いらん」

振り返りもせず、廊下を走っていく。

私が高校に入るのと同じタイミングで大学生になった翔馬兄は、中学のときにずいぶん荒れていた。

といってもヤンキーの仲間に入っていたとかじゃなくて、むしろ普段は優秀で大人しい生徒だったという。

それが、なんの前触れもなく突然キレるのだ。

授業中にいきなり立ち上がって教師に罵声《ばせい》を浴びせたり、家の中で突然キレて窓ガラスを割ったり、一度だけ道ばたで小学生を殴ったこともある。

普段の態度からは予想もできない行動に、両親は怒り、戸惑った。

そして小学生で今以上に子どもだった私は、無鉄砲にも翔馬兄に反発した。

でも、当然ながら敵わなかった。

翔馬兄は、いつ爆発するかわからない爆弾を抱えているような恐怖を、周囲に植えつけた。

それなのに、高校生になると少しずつキレることがなくなり勝手に落ちついていき、今では当時の面影もないくらいチャラい。

本人いわく、

『あの頃は真面目すぎた』

そうだ。

「奈央ー！」

テーブルについてお母さんと朝食をとっていると、出かけたはずの翔馬兄の声が聞こえた。

「客だぞー」

客⁉

玄関で叫んでいる翔馬兄のところへ急いで走っていく。

一方的な発言をスルーできないのは、翔馬兄が荒れていた頃の恐怖が無意識に残っているからかもしれない。

「客って、誰？」

こんな朝っぱらから私を訪ねてくる人間なんて、知り合いにいたかな。

首をかしげる私を見て、靴を履いて立っていた翔馬兄はニヤニヤ笑いながら玄関の扉を開けた。

差し込む朝の光がまぶしい。

目を細めて外の世界を見やり、私は固まった。

家の前に、制服を着た男子が立っている。

セットした黒くツヤのある髪に、はっきりとした二重まぶた。少しだけ面長の顔が無表情なまま、私を見つめる。

「はよ」

当たり前のように放たれた言葉に、私は返事もできなかった。

胸の奥がギュッとして痛い。

「高槻……くん」

「どうして?」と、口にした声がかすれる。

「昨日、迎えに行くって言ったろ」

抑揚《よくよう》の少ない彼の声に、一瞬、時が止まった。

たしかに告白されたとき、「明日迎えに行く」と聞いた。

でも告白自体が罰ゲームだったのだから、そんな約束、果たされるはずがないと思っていたのに……。

硬直していると、翔馬兄が私の肩を掴んで家の中へ引っぱり込んだ。

「ほら奈央、さっさと支度しろよ。わりぃけど、ちょっと待っててやってくれるー?」

高槻くんに愛想よく言い、翔馬兄は玄関を閉める。

「おい、なんだよあのイケメン。彼氏? うっわ! 奈央のくせに生意気な」

「違う!」

夕べの話なんか頭から抜け落ちているらしく、翔馬兄は追い立てるように私の背を叩いた。

「ほら、早く着替えてこいよ。一緒に登校とか甘酸っぱいな、この野郎」

「だから、そういうんじゃ……」

「つか、あいつどっかで見たこと……うわ、ヤベェ。俺が遅刻する」

ひとりでしゃべって腕時計に目を落とすと、翔馬兄は慌てたように玄関から飛び出した。

扉の隙間《すきま》から覗《のぞ》いた空の下に、さっきと変わらない姿勢で高槻くんが立っている。

夢でも幻でもない。

じゃあ、いったい昨日の下駄箱での話は何？

制服に着替えるために自室に戻りながら、彼のまっすぐな視線を追い払うように、頭を振った。


結局、朝食を残したまま私は家を出た。

高槻くんは背が高い。

身長一五〇センチの私と並んで歩くと、その差は歴然だ。

だけど周囲からぶつけられる視線は、きっと身長差のせいだけじゃない。

家を出た頃はまだよかったものの、電車の中や駅から学校までの道のりでは、同じ学校の制服を着た生徒たちから痛いほどの視線を浴びた。

誰よりも目立たない生活を目指してきた私にとっては、針のむしろだ。

ダラダラと冷や汗が止まらない私と違って、高槻くんはそよぐ風を受け止めるみたいに涼しい顔をしている。

きっと普段から注目を浴びているから、こんな状況には慣れているのだ。

隣を歩きながら、私たちはひと言もしゃべらなかった。

息苦しい沈黙に何度も口を開きかけたけど、肝心の言葉が出てこない。

昨日、告白されて、でも、それは罰ゲームで、それなのに今朝は迎えに来て……。

高槻くんが何を考えているのかわからないから、私もどう接すればいいのかわからない。

駅から学校までの一本道には、沿道にイチョウの木が並んでいる。

秋が深まれば色が変わるそれも、まだ緑の葉を揺らしている。

九月に入ってもセミの声はやまない。

耳に張りつく鳴き声で暑さが倍増しそうだけど、私と彼の間の沈黙を埋めてくれるのはありがたい。

——何あれ。

——どういうこと？

——なんで高槻くんが地味ブスと登校してんの？

大量の視線とヒソヒソ声の攻撃を受けて、自分がどんどん小さくなっていく。

逃げ出したい。

きっと、罰ゲームのことさえ知らなければ、私はこんな針のむしろの上でも、隣に高槻くんが立っているだけで幸せだったはず。

そんなことを考えて、また悲しくなった。

「あ、あの、じゃあ、ここで」

校門をくぐったところで、私はとうとう声を出した。

不思議そうな顔をしている高槻くんに、無理やり笑いかける。

「わ、私、職員室に寄ってくから」

頬の痙攣《けいれん》を見破られる前に、背中を向けてその場から離れた。

登校する生徒たちの間を縫い、小走りで生徒玄関を目指す。

沈黙から解放されても、心臓の鼓動は激しいままだ。

数メートル走ってから、ようやく息をついた。

でも安堵《あんど》したのもつかの間、うしろのほうから大きな笑い声が響く。

「レオ見てたぞー。つか、目立ちすぎだし」

「まだ罰ゲーム続けてんのかよ。すげー笑える」

氷の塊《かたまり》が、喉の奥から体の内側を流れていく。

息が、できない。

「あーあ、彼女かわいそー。ギャハハ！」

針金みたいな笑い声が、いくつも背中に突き刺さる。

「やっぱりか……」

吐息とともに、つぶやきが漏れた。

足に力が入らなくて、その場に倒れそうだった。

喉の奥が、破けたみたいに熱い。

「やっぱり、罰ゲームだったんだ」

まわりに誰もいないのをいいことに、私のつぶやきは止まらなかった。

そうだよね……。

だって高槻くんはひと言もしゃべらなかった。

わざわざうちを調べて迎えに来て、一緒に登校して、付き合っているフリして……。

それもこれも全部あやって、私を笑いモノにするためにしたことなんだ。

込み上げそうになった涙をこらえる。

下唇を噛んで、止まっていた足を踏み出した。

「許せ、ない」

うしろから、まだ笑い声は聞こえてくる。

私は、耳をふさいで走り出した。


割り振られた仕事は、〝可〟も〝不可〟もない程度に終わらせる。

学校で目立たない存在でいるためには、〝ほどほど〟を習得することが大切だ。

とはいえ不器用な私では、持てる最大限の能力を発揮しなければ人並みにも届かない。

そうなると、目立たない存在でいるために、結局はあらゆることに対して努力が必要になる。

下書きの線をハミ出さないように、私は細心の注意を払って色を広げていった。

机を全部空き教室に移動させてしまうと、教室の中は驚くほど広い。

空っぽな木目調の空間は、巨大な木の幹にぽっかりと開いた洞穴《どうけつ》みたいで、巣穴作りにいそしむリスのように、生徒たちがそれぞれ作業を行っている。

模造紙を黒く塗ったり、衣装作りのために布を裁断したり……教室のあちこちで学園祭の準備が進められている。

私たち一年二組の出し物は『お化け屋敷』だ。

存在感がない、という理由でお化け役をやらされることも覚悟していたけれど、脅かし役として特殊メイクを受けるのは男子だけらしい。

ゾンビやドラキュラ、のっぺらぼうにひとつ目小僧。

いろいろな国のお化けが仲良く登場する空間を、おどろおどろしく演出するための背景を描きながら、私は休む間もなく口を動かしている。

「それで一緒に登校したら、視線の数がハンパないの。あのグループの人たち、毎日あんな視線を浴びてウザったくないのかな」

私の身に起きた出来事を、ひたすらしゃべり続けた。

聞き手から相槌《あいづち》も質問もないから、まるでひとりごとみたい。

「ていうか、私、本当にバカだよね。告白されて信じられないって思ったくせに、結局は真に受けちゃって」

悲しすぎる過去は、笑い話にしたほうが傷は浅い。

背中を壁に預けて足を床に投げ出した格好で、朝子は参考書をめくる。

ぱらり、と乾いた音がするたび、心が削り取られるようにむなしさが込み上げた。

「本当にバカだ、私」

「まぁたしかに、ずいぶんと都合のいい話ではあると思ったが……別にありえないことじゃないんじゃないか」

私のひとりごとにかぶせるように、朝子の声が耳に入ってくる。

「え……」

絵筆を止めて私は朝子を見た。

それまで黙っていた彼女が、参考書から目を上げないまま続ける。

「奈央が高槻礼央から本気で告白される可能性。あの時点ではゼロじゃなかった。この世に絶対なんてないからな」

　でも、残念ながら本気の告白ではなかった。

　私が黙ると朝子の手が止まり、切れ長の賢そうな目が、すっと前を向く。

「それにしても、おもしろいな」

　めったに表情を変えない彼女が薄く笑って、私は少し驚いた。

「おもしろいって、何が？」

　ザワザワと騒がしい周囲の音に埋もれるように、彼女はそっけなく言う。

「奈央のお兄さん、ずいぶんとおもしろいことを考えつくなと思って」

　翔馬兄の含み笑いが脳裏をかすめた。

　——見返してやれよ。

　もったいぶるように吐き出された提案は、私の頭の中のゴミ箱に入ったままだ。

「告白された。罰ゲームだった。そうなれば当事者の関係なんてそれきり断ち切られそうなものなのに。仕返しをするという形でつながっているなんて、おもしろい」

　そう言って、朝子はひとりで納得している。

　彼女の言葉の意味が、私にはさっぱりわからなかった。

　いったい何がおもしろいのか。

　それでも、私をバカにして楽しんでいるわけではないことはわかる。

つねにぶっきらぼうな彼女だけど、それはたんに他人に関心がないだけで、自分以外の人間を上とか下とかに見たりはしない。

バカで地味ブスと言われている私のことも、クラスの華やかなグループの子たちと同じ〝女子〟というくくりに入れてしまっている。

朝子は恐ろしく平等で、公平な価値観を持っている。

だからこそ、誰も、彼女と仲のいい友達にはなれないのかもしれないけれど。

それでも、私は彼女と一緒にいることで、いつも救われている。

「あんなバカ兄の言うことなんてアテになんないし。そもそも適当に言ってるに決まってるよ」

「どうしてそんなに兄を嫌うんだ?」

ふと、朝子と目が合った。

「中学時代に兄弟が荒れるなんてよくあることじゃないか。奈央が他人と距離を置く理由にはならないと思うが?」

「それは……まあ、いろいろあって……」

言葉を濁して目をそらすと、朝子は「そうか」とだけ言って、もう私には興味をなくしたみたいに再び参考書をめくりはじめた。

小学校四年生のときまで、私は活発でまわりにも友達がたくさんいた。勉強こそ得意ではなかったものの、体育の授業では活躍していたし、女子をいじめる男子に立ち向かっていったこともある。

毎日友達と遊んでいて、ひとりでいる時間なんて一秒だってなかった。

遠い遠い色鮮やかな記憶に暗い影を落とすのは、中学の制服を着た爆弾だ。

翔馬兄は中学一年の頃、下校中に小学生を殴った。

その少年が何気なく蹴《け》った石が、足に当たったせいでキレたのだ。

一部始終を見ていた私は、翔馬兄に食ってかかった。

それまで、翔馬兄はキレても私に暴力を振るったり、危害を加えたりしたことがなかったから、心の中では安心していたのかもしれない。

そのときも、翔馬兄は私に手を出すことなく、その場を離れて、大人しく帰っていった。

でもその日から、翔馬兄は私を名前で呼ばなくなった。

「今日からこいつの名前は〝小塚ブス〟になりました」

外で私が友達と遊んでいるときに、翔馬兄はそう高らかに言い放った。

「おい、ブス」

「お前だよ、ブス」

「呼んでんだろ、ブス、返事しろ」

家の中でも外でも、翔馬兄は私をそう呼び続けた。

周囲からの注目を浴びても関係なく、むしろそれが目的かのように執拗《しつよう》に……。

「やめなさい、翔馬」と家で親に注意されても、翔馬兄は私を『ブス』と呼ぶことを決してやめなかった。

それどころか、翔馬兄が中学を卒業するまでの三年間、私は翔馬兄から一度も名前を呼ばれることがなかった。

飽きもせず女子をいじめていた男子たちが、おもしろがって私を『ブス』と呼ぶようになり、そのせいで学校でのあだ名も『ブス』になった。

女の子たちは「相手にしないほうがいいよ」と慰《なぐさ》めてくれたけど、どんなに彼女たちに優しい言葉をかけられても、私はやっぱり悔しかったし、恥ずかしかった。

男子の話し声が聞こえるだけで体がこわばってしまい、前のように立ち向かうこともできなくなった。

だけど、それでさえも、辛い日々のほんのはじまりにすぎなかった。

本当に苦しい生活がはじまったのは、私が中学生になってからだ。

中学一年生のときに担任になった先生は、数学を担当している四十歳の男の人だった。

「小塚……奈央？」

初めて出席を取ったとき、先生はヘビみたいな目でじろりと私を睨んだ。

「ああ、お前か。この間、卒業した小塚翔馬の妹は」

びくりと肩を揺らす私を見て、先生は薄い唇の端を持ち上げた。

相手を見下すような、嫌な笑い方だった。

「お前の兄ちゃんには本当にひどい目にあわされたよ。まさかお前もいきなりキレたりしないだろうな」

私は心の底から驚いた。

担任の先生がそんなことを言い出すとは、思ってもみなかったから。

その先生は、前年に翔馬兄のクラスを担当していたのだという。

小塚翔馬の存在は、小学校から一緒に上がってきた一部の友達しか知らないことだったのに、先生がいきなりクラス中に言いふらしてしまった。

小塚奈央の兄貴は、なんの前触れもなく叫んだり暴れたりする、とんでもないヤツだったと。

あとで知ったことだけど、その担任は受け持ったクラスの生徒に勝手に役割を与えて、無理やりまとめようとするタイプの先生だった。

優秀な生徒や自分に従う生徒はとことんひいきして、勉強のできない生徒や自分の思いどおりにならない生徒は〝怒られ役〟にする。

何か気に入らないことがあると、〝怒られ役〟を怒鳴りつけ、廊下に立たせたり、トイレ掃除をさせたりして、ほかの生徒への〝見せしめ〟にするのだ。

私は翔馬兄の妹だったために、先生から目をつけられた。

「お前なぁ、数学のテストの点数、なんだよこれ。兄貴は凶暴だったが、頭はお前と比べ物にならないくらいよかったんだぞ」

「おいバカ、どうしてそういう答えになるんだよ。脳みそ空っぽか？」

「こんな簡単な問題も解けないのか。小学校に戻って九九からやり直してこい！」

授業中、みんなのいる前で怒鳴られて、私は死にたくなった。

先生は翔馬兄のせいで溜まった鬱憤《うっぷん》を、妹の私で晴らそうとしたのだ。

私がもともと覚えの悪い不器用な性格だったこともアダになったと思う。

授業以外でも、何かにつけていびられた。

行事で教室に飾りつけをしているときに、私の手先の不器用さを見とがめた先生から、耳元で「下手くそ。お前、死んだほうがいいんじゃないか」とまで言われた。

怒られないように、目立たないようにひっそりと息をしても、担任の執拗な攻撃はやまなかった。

ほかの先生に相談しようにも、〝小塚翔馬の妹〟という目で見られると、うまく話ができなかったし、お母さんには絶対に話せなかった。

翔馬兄が荒れていたせいで中学校に散々呼び出されていたお母さんが、いつも泣きそうな疲れた顔をしていたことを知っているから。

小学校のときの友達とクラスが離れたこともあり、私はクラスでひとりぼっちだった。

友達になれそうだった女の子たちは、学期のはじめに先生を恐れてとっくに私から去っていた。

本来生徒を助けてくれるはずの担任から目をつけられたことで、かえって孤立したのだ。

先生の言葉は一日ごとに私に突き刺さり、傷が癒えないうちにまた新しい傷が生まれた。

穴だらけの布みたいに、私の心は針を通す隙間もないくらいボロボロだった。

そして私は、中学校に行くのをやめた。

あれ以上教室にいたら、きっと窓から飛び降りていたと思う。

朝子は結局作業をほとんど手伝わないまま、下校時刻になるとさっさと帰宅してしまった。

私は係の子に言われるまま作業をして、気がつくとほかの生徒は誰もいなくなっていた。

相変わらず要領の悪い自分にため息をつきながら教室を出て、下駄箱でローファーに履き替えて外に出ると、遠くの空が赤くにじんでいた。

真夏と違って昼間の日差しがやわらげば、風は心地いい。

ぽつんと明日のお祭りを待っている学園祭の看板に気を取られていた私は、校門から伸びる長い影に気づいて、足を止めた。

石の門に寄りかかって、赤く燃える空をジッと見つめている人影。

逆光で顔はわからないのに、背の高さや、たたずまいから、それが誰だかわかってしまう自分が腹立たしい。

私が顔を伏せて、気づかないフリをして通りすぎようとしたら、

「小塚」

呼び止められて、足を止めてしまった。

「……な、何？」

うつむいたままでいると、高槻くんの抑揚のない声が答える。

「一緒に帰ろうと思って、待ってた」

思わず顔を上げる。

その瞬間、目に入った顔に私はギョッとした。

「ど、どうしたの、そのカッコ」

高槻くんは髪から水を滴《したた》らせていた。

いや、髪の毛どころか全身がズブ濡《ぬ》れだった。

バケツの水でもかぶったみたいに、セットされていた髪はぺちゃんこで、カッターシャツの下の黒いTシャツが透けている。

自分の格好をまじまじと見下ろした彼は、なんでもないように言う。

「ちょっと、プールに飛び込んだ」

「え、プールって……制服のまま？」

こくんとうなずいて、「帰ろう」とイチョウ並木のほうへと歩き出す。

「ちゃんと乾かさないと、風邪引いちゃうよ」

横を歩きながら声をかけると、彼は前を向いたまま首を振った。

「平気。歩いてればすぐ乾く」

「でも……」

「大丈夫だから」

横目で見下ろされて、息が詰まった。

大きな目がなんだかとても優しげに見えて、頬が一気に熱を帯びる。

ふたりきりで並んで下校しているという状況に、突然気持ちが焦りはじめた。

緊張のあまり、口が勝手にまわり出す。

「で、でも、どうして制服のままプール入ったの？　あ、今日暑かったから、無性に泳ぎたくなっちゃったとか？」

不自然な笑いを浮かべる私に、彼は淡々と答える。

「俺、泳げない」

「えっ」

高槻くんはバツが悪そうに濡れた髪を触った。

顔もスタイルも運動神経だって抜群の彼が、まさかカナヅチだったなんて。

高槻くんのことならなんでも知っているような気がしていたけれど、盲点だった。

クラスが違えば、当然プールの授業を覗き見することもできない。

「それなら、どうしてプールに飛び込んだの？」

無造作に髪をかき上げる彼の形のいい額に、目が吸い寄せられる。

同学年の男子より落ちついて見える高槻くんは、髪が下りているだけでずいぶん幼くなる。

つい見とれていると、

「賭《か》けに負けたから」

さらりと告げられた言葉が、私の心を引っかいた。

賭けに負けたから。

それはつまり、これも罰ゲームの続き?

「また……賭け、したんだ」

「え?」

つぶやきを拾われて、私はハッとした。

「う、ううん。あの、高槻くんたちって、よく仲間同士で賭けして遊んでるなって思って」

慌てて笑顔を作る。

自分への告白が罰ゲームだったことには、気づいていないフリをしようと思った。

ここで高槻くんに謝られたら、余計みじめになるだけだ。

「ああ、セイがそういうの好きで、よく考えるから」

「セイ……」

金色の髪が、頭の中で稲妻のように弾ける。

高槻くんが属するグループのリーダーと言われている一年一組の星野彗は、外見だけでなく言動もとても目立つ。

今すぐ芸能界デビューしてもよさそうなほどの完璧《かんぺき》なルックスと、女の子を引きつけてやまない甘い笑み、五人のイケメンの中でもトップの人気を誇る、この学校のアイドルだ。

『あんなブスに告るなんて、ほんとすげーよ』

男のくせに甲高い、金属みたいな声が耳の奥でこだまする。

私が黙り込むと、ふたりの間にまた沈黙が下りる。

当然だ。

高槻くんだって、本当は私となんかしゃべりたくないに決まっている。

こうやって並んで歩くだけで、気が重いはずだ。

罰ゲームだから、仕方なくやっているだけ。

あとで私を、笑い者にするために。

それでも高槻くんは黙ったまま駅まで歩き、電車に乗って私を自宅まで送り届けてくれた。

「あ、ありがとう」

お礼を言う必要なんてきっとない。

だけど私の口からは、送ってもらったことへの感謝の言葉が漏れてしまう。

「それじゃあ」

ぶっきらぼうな声とともに背中を見せたと思ったら、高槻くんは振り返った。

「明日からは、朝の迎えはやめるから」

「え……」

「じゃあ」

一瞬だけ私の目を見た彼は、再び背中を見せて日暮れの通りを歩き出した。

数学の宿題で出された問題をいつもの倍の時間をかけて片づけると、私はノートを閉じてため息をついた。

夕飯を食べているときも、お風呂に入っているときも、私の頭の中は高槻くんでいっぱいだった。

これまでずっと彼を見つめてきたはずなのに、何をしていても頭から離れないなんて、初めてのことだ。

注がれた優しい瞳と、形のいい額。

私だけに向けられた視線を思い出すと、それだけで胸が苦しくなる。

あれは罰ゲームなのだと、何度自分に言い聞かせても、隣を歩いていた彼の気配は消えない。

だけど、明日からはもう、彼は迎えに来ない。

結局高槻くんも、大勢の生徒の前で私と並んで歩くことに耐えられないのだ。

私とふたりの時間を過ごすなんて、罰ゲーム以上の苦痛をともなうに違いない。

それが、当たり前の感覚だ。

目の前のブラックアウトしたノートパソコンに、自分の顔が映る。

伊達《だて》メガネを外すと、血色の悪い貧相な顔しか残っていない。

これなら、のっぺらぼうのほうがずっとマシ。

私が男だったとしても、こんな冴えない女と一緒にいるなんて無理だもの。

ふと思い立ってマウスを動かした。

検索窓に文字を打ち込むと、ずらりと結果が表示される。

【パッチリした目を作る方法】

【めざせ愛され顔】

【モテる髪型研究所】

これらのサイトを開いてみるとモデルの子はどの子も笑顔を輝かせていて、私とは違う人種としか思えなかった。

「やっぱり無理」

「おい、奈央」

急に部屋の扉が開かれて、私は慌ててブラウザを消した。

「まだ起きてんのかよ、明日学校だろ。ん？　何やってんだ、お前」

風呂上がりの翔馬兄が、タオルで頭を乾かしながら近づいてくる。

「な、なんでもないぃ」

画面を閉じる私を胡散《うさん》くさそうに見下ろして、数学の教科書を手に取る。

「もうすぐ一時じゃん。早く寝ないと起きれねーぞ」

「い、いいの。明日は学祭だし」

パラパラとページをめくる手が、ピタリと止まった。

「学祭？」

「うん。いつもより遅い登校でいいんだ」

一瞬だけ考え込むように黙ると、翔馬兄はつぶやいた。

「へえ、学園祭か」

「何？」

「別にぃ。ま、とりあえず早く寝とけよ。夜ふかしすっと肌が荒れるぞー」

不敵な笑みを浮かべて、翔馬兄は部屋を出ていった。

そして迎えた翌朝。

本当に秋なのかと疑ってしまうくらい強い日差しの下で、生徒たちの笑顔が弾ける。

焼きそばやカラアゲを売る屋台の匂い、あちこちに飾られた風船、風に揺れる万国旗。

その場にいるだけで、気持ちがどんどん上がっていく。

ここぞとばかりに制服をカスタマイズした女子たちの、派手なメイクも短すぎるスカートも、今日ばかりは先生もスルーだ。

高校生になって初めての学園祭は、想像以上の賑わいだった。

「ど、どれからまわろうか！」

生徒玄関前の廊下は人がまばらで、私の声は思いのほかよく通った。

お化け屋敷のチラシの束を握りしめて振り返ると、朝子は手にしていた学園祭のパンフレットに目を落とす。

「しいて興味があるとすれば、歴史クラブの展示の東海道中膝栗毛《とうかいどうちゅうひざくりげ》、やじろべえに関する――」

「それ、一番なしだと思ってたヤツぅ！」

声を上げる私に冷ややかな一瞥《いちべつ》をくれ、朝子はパンフレットをよこす。

「ひとりで行くつもりだから。ほかに興味あるものもないし、私はこれを見たら帰る」

「え、帰っちゃうの？」

「ああ。何か私に用でもあるか？」

「え、いや、用ってほどのことは……」

せっかくの学園祭なのに、ひとりでまわるなんて寂しいじゃん、と言ったところで、朝子には寂しいという感覚がわからないのだ。

「それじゃあ、また月曜に」

「あ、待っ……」

呼び止める間もなく、彼女は階段を上がっていく。

ピンと伸びた背中を見送ったあとで、私は右手に握っていたチラシの束に気がついた。

「ああ！　チラシ配り！」

私たちが出店するお化け屋敷は、三階の奥まった場所にある。

なかなか人目につかない、ということで、当日時間のある女子はチラシ配りをまかされたのだ。

「朝子……」

慌てて階段をのぼる。

踊り場に差しかかったとき、勢いよく下りてきた男子生徒とぶつかった。

「キャッ!!」

持っていたチラシが、強風に舞う木の葉のようにあたりに散らばる。

「いた……」

ぶつかった男子生徒は座り込む私を気にも留めず、一段飛ばしで階段を下りていく。

それを追いかけるように、上から声が降ってきた。

「おい、待てって！」

耳に馴染《なじ》んだ低い音に、心臓がドクンと反応する。

「大丈夫か？」

顔を上げると、高槻くんの整った顔が目に入った。

「ケガは？」

「だ、大丈夫！」

心配そうな表情に、私は慌てて立ち上がった。

ずれたメガネを直してスカートについた埃を払っていると、高槻くんがチラシを拾い上げる。

「小塚のクラスはお化け屋敷だっけ」

「う、うん。チラシ係なんだけど、ひとりで配るのは恥ずかしいなって思って」

歴史クラブの展示を見に行った朝子を呼びに行く途中なのだ、と説明すると、彼は散らばったチラシ集めを手伝ってくれた。

「……あの、ありがとう。でも、いいよ。急いでいるんでしょ？」

男子生徒が走り去った方向を示しても、高槻くんは「ああ」とか「うん」とか曖昧《あいまい》な返事をするだけだ。

結局、最後の一枚を集めるまで付き合ってくれた。

「あ……ありがとう」

どういうわけか胸が激しく高鳴って、彼の顔をまっすぐ見られない。

「そ、それじゃあ」

無性に逃げ出したい気持ちになって、急いで階段を上がろうとすると、

「あのさ」

呼びかけられて、足を止めた。

おそるおそる振り返ると、高槻くんと目が合う。

私のほうが高い場所に立っているのに、あっさり見下ろされてしまう。

何を考えているのかわからない真っ黒な瞳が、まっすぐに私を見つめる。

「よかったら、一緒に……まわんない？」

いつもより、少しだけ声の張りがない。

弱気な視線に心臓を一突きされて、気を失うかと思った。

外に出たとたん、容赦のない太陽の光が肌を刺す。

日焼け止めをちゃんと塗ってくればよかったと思いながら、目をハート型にしている女子生徒に小銭を渡す。

「じゃあ、頑張ってね、レオくん～ん」

タラコパスタが入った容器を抱きしめるようにして彼女が去っていくと、高槻くんは横目で私を見下ろした。

「悪いな、付き合わせて」

「う、ううん、私も助かるし……」

あれから数分後。

【一年六組パスタハウス】と書かれたタスキを斜めにかけて、高槻くんは大量のプラスチック容器が入った立ち売り箱を抱えている。

容器の中身は、ミートソースにタラコにバジル。

三種類のパスタは、屋台の焼きそばみたいに一人前ずつ容器に入れられ、輪ゴムで留められている。

そして、高槻くんの隣には私。

「店が三階で客入りが悪いから移動販売をやらされることになったんだけど、俺とペア組んだヤツがバックれてさ」

聞けば、階段で私を突き飛ばした男子がペアだったとか。

彼は後夜祭で漫才を披露するそうで、その練習をしたいからと高槻くんに仕事を押しつけて逃げたそうだ。

「ほかのヤツはみんな忙しいし、かといって俺ひとりで売り歩くのも抵抗あるし」

パスタ容器の輪ゴムに一枚ずつお化け屋敷のチラシを挟ませてもらいながら、私はちょっとだけ笑ってしまう。

「高槻くんらしい」

「え？」

「う、ううん。こっちの話」

慌てて笑みを引っ込めたけれど、心の中はほっこりと温かい。

高槻くんはマイペースでちょっとぼうっとしたところがあるから、気がつくと面倒事を押しつけられている、ということがたまにある。

責任感のない人間なら放っておきそうなことでも、高槻くんは投げ出さない。

飄々《ひょうひょう》としているように見えて、たまに不器用。

そんなところも、私にとってはすごく魅力的な彼の一面だった。

隣を見れば、すぐそばに筋張った腕がある。

清潔感のある白シャツも眠そうな二重の目も、ピアスホールのない耳も、無造作にセットされた黒髪も、全部が私の〝どストライク〟。

こんなに近づけるなんて、少し前の私は想像もしていなかった。

『一緒にまわらない？』の意味を勘違いした自分はとてつもなく恥ずかしいけれど、結果的に彼の隣にいられることで胸が躍《おど》っている。

「高槻くんが売り子なら、このパスタもきっとすぐになくなっちゃうね」

女の子が競うように買っていく場面を想像していると、彼はわずかに眉をひそめた。

「いや、これ激マズだから」

「え⁉」

抱えたパスタの山を見下ろして、高槻くんは他人事のように言う。

「さっきセイたちに売りつけたときに一緒に食ってみたら、パスタは伸びてるし、ソースは水っぽいしで吐きそうになった」

「そ、そんなに……？」

言葉のわりには表情がまっさらで、そのギャップがなんだかおかしい。

「そんでセイが『レオが超クソまずいパスタを売りさばいてる』って言いふらしているから、売れ行きがよくないんです……」

遠い目をして敬語になった彼に、思わず吹き出してしまった。

「そ、そうなんだ。じゃあ、頑張って売らなきゃね」

お腹を抱えて笑っている私に、高槻くんは無表情なままつぶやく。

「そんな笑わんでも……」

「ご、ごめんなさい。だって、高槻くんの言い方がおかしくて……っ」

笑いを止められない私をしばらく見つめると、彼はため息をついた。

視界に入った彼の口元が、気のせいか、かすかに微笑《ほほえ》んでいるように見えて胸が高鳴る。

「番号、教えてよ」

厚めの唇から放たれた言葉に、一瞬、反応が遅れた。

「え……？」

目を上げると、高槻くんの真っ黒な瞳に吸い込まれそうになる。

「スマホの番号とか、メアドとか、ＩＤとか」

言葉の意味を理解するのに少し時間がかかってしまい、慌てて答える。

「ごめん。私、スマホとか持ってなくて……」

私の回答にちょっと驚いたような顔をしてから、彼は「そっか」とつぶやいた。

スマホなんて友達のいない私には不必要だと思っていたのに、このときほど持ってればよかった、と悔やんだことはない。

ふたりの会話が途切れると、高槻くんの姿を見つけた女の子たちが次々にやってきた。

「レオー、何やってんのぉ？」

「げ、これ例のパスタ？」

茶色に染めた明るい髪や、学園祭仕様のかわいいリボン。女の子らしい、ふんわりしたアイテムがよく似合う女子生徒たち。

華やかな彼女たちに気遅れして、私は高槻くんの背後に隠れた。

昨晩検索したサイトに出てきたような、モデルみたいにかわいい彼女たちのほうが、高槻くんの隣にはふさわしい。

卑屈《ひくつ》な気持ちになっている私の正面で、高槻くんは相変わらず不愛想に営業を続けている。

「これ、買って」

「えー、だってこれ、例のクソまずいヤツでしょぉ？」

「買わないヤツに用はない」

どんな女の子にも媚《こ》びることなく、高槻くんはマイペースだ。

きらびやかな蝶たちに囲まれながら、どんな美しい羽にも興味を注ぐことなく、

「小塚、行こう」

と、私を呼ぶ。

顔が熱かった。

女の子たちの視線を浴びながら、歩き出す彼のうしろに続く。

白いシャツに覆われた大きな背中に、胸の鼓動が鳴りやまない。

勘違いしそうになる。

高槻くんが私に構うのは罰ゲームだから……なのに、振り返って私の姿を確認する彼の目に、何か特別なものを感じてしまいそうになる。

「レオ、見っけ！」

露店が並ぶ校庭の端まで歩いたとき、三人組の女子生徒が高槻くんの腕を掴んだ。

極端に短いスカートと制服の着崩し方、リボンの色が、三人が上級生であることを語っている。

「ちょっとうちらのメイド喫茶に来てよー。セイたちも捜してんだけど見つからなくてさぁ」

顔面偏差値トップ五の高槻くんのグループに毎日のように群がっている、二年生の派手なお姉さんたちだ。

「俺、今、仕事中だから」

表情を変えずに淡々と答える彼を、逃がすまいと三人は前をふさぐ。

「いいじゃん、ちょっとくらい休憩していきなよ。割引サービスするからさぁ」

「これ売り切んないと、俺が責められるから」

まだほとんど減っていないパスタの山を見て、先輩方は赤い唇をニッと歪ます。

「わかった。それ買うから！　三つ……いや、六つ買っちゃう。どう？」

得意げにウインクをして、先輩たちはそれぞれ二つずつパスタの代金を支払う。

「これで三十分くらいなら休憩できるっしょ！　セイたちも呼んでさ。うちらの店、二階の奥で人があんまり来ないんだよねー」

彼女たちに引っ張られながら、高槻くんが私を振り返る。

「小塚、ちょっと休憩しに行こう」

「う、うん」

続こうとすると、先輩のうちのひとりに遮《さえぎ》られた。

「あ、ごっめーん。うちのメイド喫茶、女子は入店禁止なんだわ」

「え……」

高槻くんから立ち売り箱を奪い、私に押しつける。

「悪いけど、しばらくひとりで頑張ってくれる？」

「なんだよそれ。じゃあ、俺も行かねえし」

戻りかけた高槻くんを先輩たちが押しとどめる。

「ダメだよレオ、約束したじゃん。うちら六つも買ったんだよ、この激マズパスタ」

立ち売り箱にはまだ十個もパスタが残っている。

高槻くんの人気をもってしてもなかなか売れないこれを、十個も売るのはなかなか骨が折れる作業だ。

「じゃあ、金返すから――」

「平気！」

高槻くんがポケットから売上金を出す前に、私は声を上げた。

「私、ひとりで大丈夫だから、高槻くんは行ってきて」

「え、けど……」

「売り子の要領は掴んだし、むしろ高槻くんがいないほうが、まずいパスタってバレないかもしれないし」

無理して笑ったせいで、頬が引きつりそうだった。

「ほら、彼女もそう言ってんだしさ。行こ行こ」

「だけど……」

不自然な笑みに限界を感じて、私は「じゃあ」と背中を向けた。

呼び止められる前に、校庭を突っきって校舎まで走る。

無我夢中で走っているうちに立ち売り箱からパスタが落ちそうになり、慌てて立ち止まると校門の前だった。

大きな看板に、アーティスティックな文字で【学園祭】と書かれている。

思わずため息がこぼれた。

私の手には、高槻くんのクラスのおいしくないパスタがある。

これは、学園祭という魔法がもたらした夢だ。

いつまでもその世界に浸っていたら、現実に戻れなくなってしまう。

私は自分の立場を、きちんとわきまえなきゃいけないのだ。

こんな地味ブスが、いつまでも高槻くんの隣にいていいはずがない。

目に浮かぶみたいだ。

——勘違いしてんじゃねぇよブス。

——本気にしてやんの、最上級のバカだな。

——レオがあんたなんかを相手にするはずないでしょ。

星野彗やグループ内のほかの連中、まわりの女の子たちの声が、剣となって私に振り下ろされる。

夢の世界から出なければ、いつか遠くない未来にそれらの刃を向けられる。

大丈夫。私は自覚している。

私は身の丈に合わないことはしない。

このパスタを売ってしまったら、それでもうおしまい。

自分に言い聞かせて校舎に戻ろうとしたときだった。

「よぉ、奈央！」

声をかけられて振り向いた私は、目を瞠《みは》った。

「探す手間が省けたぜ」

白い歯を見せて、翔馬兄が敷地に入ってくる。

「な、何しに来たの⁉」

あとずさりをしながら、翔馬兄のうしろにきれいな女の人が立っているのに気づいた。

「ちょっとデートしにな」

美人な彼女に目配せをしたと思ったら、翔馬兄は私の正面に立ちはだかった。

「さーて奈央ちゃん。シンデレラタイムですよぉ」

「え、な、何⁉」

ニヤニヤと笑みを浮かべながら、翔馬兄とその彼女は私の腕を掴んだ。

二章 ゆるさない

地味ブス、天使

人のいない空き教室には、逆さにしたイスを積んだ机がところ狭しと運び入れられている。

わずかに空いたスペースで、私はイスに座らされていた。

どこから見ても遊んでいる大学生の翔馬兄と、すらりと背が高く、小さい顔にショートヘアが似合うボーイッシュな美人の彼女。

「はじめまして奈央ちゃん。あたしは松本《まつもと》キリカ。ちなみに翔馬の女じゃないから」

出し抜けに言われて、ちょっと面食らった。

明るく笑いながら、彼女はカバンからスプレーやコテやリボン、そのほかいろいろな道具を取り出している。

「こいつは唯一、俺の正体を知ってる女な」

机を三つくっつけてその上に寝そべりながら、翔馬兄はキリカさんを指さした。

「正体?」

「俺ってさぁ、大学じゃ完璧に王子様なわけよ。優しくて成績もよくて、笑顔を絶やさず、誰がどこから見てもイケメンで……」

「究極のナルシストよね」

間髪《かんぱつ》いれずに鋭いツッコミを入れて、キリカさんはヘアブラシを手に取る。

「髪、下ろしちゃうよ」

「え⁉」

抵抗する間もなくヘアゴムを外されて、きつく締めていた三つ編みがユルユルとほどけていく。

ブラシで軽くとかしてから、キリカさんは大ぶりのメイクボックスを引き寄せた。

「しっかし、翔馬にこんな妹がいたとはねぇ」

「な？　信じらんねえくらい地味だろ？　見てて気が滅入るっつーかなんつーか」

「自分だって大学デビューのくせに」

容赦なく切り込まれて、翔馬兄は「うるせー」とたじろぐ。

大学生になった翔馬兄は、荒れていた頃とは打って変わって外面がいい。

妹の目から見ればいたって普通の顔立ちだけど、外に出るとどういうわけか整っているように見えるらしく、街中でよく女の子に声をかけられる。

そんな翔馬兄をバッサリと切り捨てるキリカさんを見ていると、なんだか胸がすく思いだ。

「て、いうか、あの、いったい何を……」

「目、つぶって」

「は、はい」

言われたとおりに目を閉じたとたん、ザリッ、と間近に音が響き、驚いて思わず目を開ける。

「動かないで」

強い口調におそるおそる目を上げると、キリカさんはひどく小ぶりなハサミを私に向けていた。

「ごめんね、でも今、眉を整えてるから」

「え……」

ハサミが触れる冷たい感触に、もう一度目をつぶる。

「肌がきれいだから、ファンデなんていらないね」

柔らかな筆のようなものが顔をなぞり、キリカさんの指先が直接肌に触れた。

彼女の手は温かくて、なんとなく心地いい。

香水みたいな甘い香りが漂って、私はようやく気づいた。

キリカさんは、私を変身させようとしている。

「あたしね、将来、美容系の道に進みたいの」

パウダーをはたかれ目元をいじられながら、キリカさんの話に耳を傾けた。

彼女の声は少しだけかすれていて、見た目のボーイッシュな雰囲気にすごく合っている。

「でも親を説得できなくてさ、大学だけは卒業してくれって、泣きつかれちゃって」

「キリカの親、きつそうだもんな。大学生なのにバイトも認めねえとか」

「子離れできてないんだよ」

苦笑を漏らし、彼女は私のまぶたにラインを引いていく。

「実際、焦っちゃうよね。同じ年の子はみんな専門行って知識を身につけているのに、あたしは何やってんだろって。時間の無駄だよって」

「大学って……時間の無駄なの？」

目を開けると、キリカさんはにっこり微笑んだ。

「無駄だと思ってたんだけど、親のせいにして自分で時間を止めるなんて、もったいないじゃない」

「時間を止める？」

教室のコンセントにつないだコテで私の黒髪を挟みながら、彼女は歌うように言った。

「大学に通いながらでも、自分のできることをやろうと思ったの。独学でも勉強して、練習して」

「練習するのにいい素材がいるって、俺がお前を紹介してやったんだよ」

得意そうに言って、翔馬兄は「これ食っていい？」と、パスタを手に取った。

返事をする前に勝手に開けて食べはじめる。

「ぐえっ、まずっ」

むせている翔馬兄を無視し、キリカさんは細い眉を下げた。

「ごめんね、練習台にして」

机に置かれたメガネが、所在《しょざい》なさげに私たちを見上げている。

「でも、ゼロでいるよりは少しでも前に進んだほうがいいでしょ？　私も、奈央ちゃんも」

「え……？」

「安心して。奈央ちゃんは元がいいし、絶対にかわいくなるから」

鏡がないから、自分の顔がどんなふうに変わっているのかはわからない。

でも、キリカさんの手つきは優しくて丁寧で、不思議と安心できた。

「せっかく女の子に生まれたんだから、女の子であることを楽しまなきゃ！」

ポンと肩を叩かれて、私は顔を上げた。

メイクは完了したらしく、キリカさんが満足そうに何度もうなずいている。

「おお〜」

翔馬兄が私を見て妙な声を漏らした。

「変わった……けど、その制服はダセェ」

膝を覆うスカートを見て、翔馬兄はニヤリと笑う。

「なんてこともあろうかと！」

カバンに手を突っ込み、魔法のアイテムでも取り出すように「じゃーん」と効果音をつけて中から制服のプリーツスカートを取り出した。

「ほら奈央、これはけ。絶妙な長さに直してあっから」

「なんでお兄ちゃんが、うちの制服のスカートを持ってるの？」

まわりの女子たちが身につけているような短いスカートをしげしげと眺めていると、

「それ、お前のだし。夏服のスカート、もう一着持ってんじゃん」

思いがけない言葉が返ってきた。

「ええ！」

目を丸くする私に、翔馬兄は勝ち誇ったように言う。

「母さんに頼んで詰めてもらったから。あ、ついでに冬服も全部な」

「な、何を勝手に……」

泣きそうになりながら、私はスカートを見つめた。

裾《すそ》の生地を切ってミシンがけしてあるそれは、もう元の丈には戻らない。

「ほら、着替えた着替えた。俺たち廊下で待ってるから早くしろよ」

勝手なことを言い、道具をしまったキリカさんを連れてドアをくぐっていく。

「大丈夫だよ、短いほうが絶対に似合うから」

彼女も笑みを浮かべながら、廊下に出ていく。

「さっさとしろよー」

念を押して翔馬兄がドアを閉めると、教室の中が急に静まり返った。

このスカートをはかないと、きっと外に出してもらえない。

翔馬兄が食べかけたパスタが目に入り、私は慌てて自分のお財布からお金を取り出して、鈍く光る硬貨を立ち売り箱の中に並べた。

思い立って、翔馬兄が残したミートソースをひとくち口に運ぶ。

「……まずぅ」

ふにゃふにゃに伸びたパスタと、塩気がない上に冷めてしまったソース。

「こんなの、絶対売れないんじゃ……」

たとえかわいくラッピングしたとしても、中身がまずいのだから、買った人はがっかりするに違いない。

金を返せと怒り出す人だっているかもしれない。

かわいいフィルムをはがしたときに、隠したはずの醜さが、あらわになってしまうのなら……。

ぐう、とお腹が鳴った。

教室の時計を見ると、十二時をすぎている。高槻くんもそろそろ戻ってくるかもしれない。

「奈央ー、着替えたかー?」

「う、うん。あとちょっと」

廊下に声をかけて、私はスカートのファスナーを下ろした。

夢から覚める前に、自分から目覚めてしまおう。

高槻くんと合流する前に、私がこのまずいパスタを全部売ってしまえばいい。

彼の隣には、もう立たない。

ヘンな期待も身勝手な幻滅も、しなくていいように。

ひっそりと高校生活を送ることこそが、私の前向きな選択なのだから。

教室から出てきた私を見た翔馬兄とキリカさんは、満足そうな笑みを浮かべていた。

「頑張れよ」という言葉を残して帰っていった兄たちと別れて、私は立ち売り箱を抱え直す。

自分がどう変身したのか見たかったけど、パスタを売るのが先。

そう思って、鏡のあるトイレには行かずに校舎の外に出た。

午後になって学園祭はますます盛り上がっている。

お昼時とはいえ、この冷めきったパスタを売るのは至難の業《わざ》だ。

そう思っていたのに、人通りの多い場所に出たとたん、人が群がってきた。

「ねーキミ、何年生？」

「パスタ売ってんの？　俺、買うよ」

「あ、俺も買うわ」

見たことのない上級生の男の人から、なんとなく見覚えのある同学年の男子まで、どういうわけか競うようにパスタを買ってくれる。

「何？　パスタハウスって、君、一年六組の子？」

「え、いえ、これはお手伝いで……。私はお化け屋敷のほうで」

「何？　お化け屋敷？」

「は、はい」

声がしぼんでしまう。

翔馬兄という男兄弟がいるから、男子に免疫がないわけじゃないけれど、学校では朝子以外とほとんどしゃべらなかったせいか、なんだか怖い。

「じゃあ、お化け屋敷に行けば、またキミに会えるんだ？」

「え、いえ……あの……」

「ぶふぅ！　なんっじゃこのパスタ」

購入してその場で食べはじめた派手な上級生ふたりが突然むせ込んで、私は硬直した。

彼らの耳に開いたピアスが、ぎらりと光る。

「まっっず」

歪んだ顔に背筋がゾッとする。

「ご、ごめんなさい」

恐ろしさのあまり泣きそうになりながら頭を下げると、不意にその場がシンと静まり返った。

おそるおそる顔を上げると、男子生徒たちはみんな固まっている。

ひとり残らず顔を真っ赤に染めて、肩を震わせながら私を見下ろしている。

「あ、あの」

不安に思って声を出した瞬間、パスタを食べていたピアスの先輩が、フォークを握ったまま胸を押さえた。

「ヤベーよ、俺。刺された。今、心臓刺されたわ」

「俺も、心の鼻血が止まんねぇよ。ここはいったん退避して出直そうぜ」

幸せそうな顔で空を見上げていた上級生が、言葉を続ける。

「これ、キミが作ったの？　最高に斬新《ざんしん》な味だったよ」

「え……」

「じゃあ、あとでお化け屋敷に行くから」

「は、はあ」

彼らが去っていくと、すぐさま別の男子生徒が目の前に並んで、パスタはあっけなく完売してしまった。

空の立ち売り箱と代金の入った袋を握りしめて、私はぽかんと立ち尽くす。

「ね、仕事が終わったんなら一緒にまわんない？」

「ていうか、キミ、名前は……」

両側から話しかけてくるふたりは、同じクラスで目立つグループにいる男子生徒だ。同じ教室で何度も顔を合わせているのに気づかないなんて、私の存在感のなさはさすがだと思う。

「え、えっと、同じクラスの小塚です」

小さな声で答えると、彼らはピタリと表情を止めた。

それからいきなり笑い出す。

「それオモロイ！　最高！」

「キミみたいなかわいい子、うちのクラスにいねえし！」

　ゲラゲラとお腹を抱えている彼らの言葉に、耳を疑った。

　かわいい？

「ねー暇ならさ、一緒にお化け屋敷に行かない？　俺らのクラスの出し物で、これがなかなか本格的で」

「ごめんなさい、私、行かなきゃ」

「え、ちょっと」

　ふたりを振りきって、走り出した。


　空っぽの立ち売り箱を抱えて、人にぶつかりそうになりながら生徒玄関をくぐると、学園祭の間だけ土足で入ることが許されている校舎にそのまま飛び込む。

　鏡。

　鏡は――。

　電気の消えている校舎の一階は窓もなく、薄暗い。

　廊下に立ち売り箱を立てかけて、玄関から一番近いトイレに入った。

　電気をつけると、正面に大きな鏡が現れる。

そこに映っていたのは――。

「……誰?」

ぱっちりとした大きな目に、ピンク色のふっくらした唇。ツヤツヤの髪は、肩の下で緩く巻かれている。

テレビの中のアイドルみたいな女の子が、そこに立っている。

驚いた顔で、私を見ている。

震える手で自分の頬に触れると、鏡の中の彼女も同じように自分の頬を撫でた。

「これが、私……?」

別人だ。

クラスメイトが気づかないのも当然だった。

地味ブスだった私の面影が、ほとんどない。

パスタを吐き出した、ピアスの上級生が頭をよぎる。

およそ売り物とは思えないようなものを売りつけても、誰ひとりとして迷惑そうな顔をしなかったのは、この姿だったから……?

生まれて初めて自分の姿を確認するみたいに、両手で頬を覆って、引っ張ったり、つねったりしてみる。

「痛い……」

夢でも、幻でもない。

顔の筋肉を使って、血色のいいピンク色の唇を引き上げてみると、にこりと、鏡の中の彼女が笑ってくれる。

「かわいい……」

信じられなかった。

鏡を見て、自分をかわいいと思う日が来るなんて。

この姿なら、高槻くんの隣にいたって不自然じゃない。

トイレを出て、置いてあった立ち売り箱を拾い上げる。

売上金も返さなきゃいけないし、ひとまず高槻くんのクラスに行くために私は階段を上りはじめた。

誰かとすれ違うたびに、意味もなく緊張する。

まるで悪いことをしているみたい。

三階まで上がると、元は一年の教室だった部屋が、さまざまなお店に形を変えてお客を待ち構えていた。

右の奥にあるお化け屋敷を背にして、左の廊下に足を向ける。

四組の駄菓子屋、五組のフリーマーケット。

六組の教室が近づいていくたびに、高揚していた気持ちがだんだん沈んでいった。

この格好で高槻くんに会って、私はいったいどうしたいんだろう。

かわいいって言ってもらいたいのかな。

でも彼は、女の子にそういうことを言うタイプじゃないし、万が一言ってもらえたとしても、私だとわからないんだから、ほかの女の子を褒めたことと同じになる。

考えてしまうと気が重くなって、私は六組の前の廊下で立ち止まった。

やっぱり、高槻くんには会わないで帰ろう。

そう決めて六組のパスタハウスをそっとうかがう。

彼がいてもいなくても、そのへんの人に立ち売り箱と売上金を渡してしまえばいい。小さい声で、高槻くんの代わりに売り子をしたことを伝えればいい。

くっつけた机にチェックのかわいいテーブルクロスをかけ、まるでレストランのように飾りつけられた教室には、お客の姿よりも店員の数のほうが多い。

おしゃべりをしている店員の中に高槻くんがいないことを確認して、私はすぐそばに立っていた女の子にそっと声をかけた。

空っぽの立ち売り箱を差し出すと、フリルのエプロンを締めた彼女は驚いたように私を見る。

「あの、これ、高槻くんの代わりに売り上げた十個分のお金です」

「え？　はあ」

彼女は困惑しながらもお金を確認し、「たしかに十個分」とつぶやく。

「それじゃあ」

「え、ちょっと」

高槻くんが戻ってくる前にここから逃げなきゃ。

廊下に飛び出して階段まで急ぐ。

「待って！　名前……」

女の子の叫びを背中で聞きながら階段を下りようとしたとき、うしろから腕を掴まれた。

「ちょっと」

その声は、さっきの彼女の声よりもずっと低かった。

低音なのにキンと耳に響くような、独特の声音に聞き覚えがある。

振り返ると、金色の髪が目の中で弾ける。

「キミ、何年？　クラスと名前は？」

私の腕を掴んだまま、身を乗り出すようにして矢継ぎ早に質問を浴びせてくる彼についい身構える。

「星野……彗っ」

「ホシノセイちゃん？　いい名前……って、嫌だな、それ俺の名前じゃーん」

にゃははと甘ったるい笑みを見せて、彼はさらに身を寄せてくる。

あとずさろうにもうしろは階段で、立ち尽くす私の腰に星野彗は慣れた動作で手をまわしてきた。

「おかしいな、どっかで会ったことある？　キミみたいな子、一度会ったら絶対に忘れないいんだけど」

白い歯をきらめかせて顔を近づけてくる彼に、ゾッとした。

濃すぎず、薄すぎず、中性的で恐ろしいほど整った顔をしているけれど、翔馬兄と同じ、軽薄さがひしひしと伝わってくる。

「星野くん、有名人だから……ていうか、手、離して、ください」

「あ、ごめんごめん」

軽く笑って私から離れると、まっすぐ見下ろしてくる。

「あのさ、よかったら少し話さない？」

「ごめんなさい」

即座に頭を下げて階段を下りはじめると、すぐうしろで「えええええっ」と叫び声が聞こえた。

「ちょ、ちょっと待ってくれよ」

焦った様子で駆け下りてきた彼に、再び肩を掴まれる。

振り向くと、彼は大きな目をさらに見開いて私の顔を覗き込んだ。

「まさかとは思うけど、今、断った⁉」

迫力に圧倒されながらも私は答える。

「え、はい」

「ちょ、えええっ⁉」

階段に響き渡る声に首を縮めた。

彼はわなわなと両手を震わせて、愕然《がくぜん》とした目で私を見下ろす。

「俺、星野彗。わかる？　この学校のナンバーワン」

「はあ」

曖昧にうなずく私の耳をかすめて、彼の腕が伸びる。

壁と星野彗の体に挟まれて、逃げ場がない。

「俺、自分から声かけて断られたことないんだけど！」

「はあ……？」

そんなことを言われても……。

「あの、私、行かなきゃいけないので、どいてください」

「違う、そうじゃない」

吐き捨てるように言って急に流し目を作ると、彼はそうっと私の頬を撫でた。

突然のことに背筋が凍りつく。

「ほら、その白い頬を赤らめて、潤んだ目で俺を見上げてごらん」

この人、頭がおかしいんだ。

冷静な気持ちで見ると、壁に伸びた星野彗の腕の下にぽっかりと空間がある。

身を屈めてそれをくぐり抜け、私は逃げ出した。

「あ、おい」

逃げ足には自信があったのに、星野彗は細いくせに足が速くて、生徒玄関を飛び出す手前で腕を掴まれてしまった。

息を切らしながら、彼は「わかった」とうなずく。

「キミ、目が悪いんでしょ」

「いえ、二.〇あります」

「なんでだよ！」

「『なんで』と言われても……」

通りかかる生徒たちが、チラチラとこちらを盗み見る。

中には野次馬根性で立ち止まる人もいて、背中を冷たい汗が流れ落ちた。

星野彗は、ただ立っているだけでやたらと目立つのだ。

そんな彼に腕を掴まれていたら、私まで注目を浴びてしまう。

「あの、離してください」

「だって逃げるじゃん」

「……逃げないから」

高槻くんを眺めるついでに星野彗が視界に入ることはあったけれど、こんなに間近で見るのは初めてだった。

改めてよく見ると、色白のキメ細かな肌と整った顔立ちに金色の髪がよく似合っていて、その場にたたずんでいるだけなのに、ほかの人とは違うキラキラしたオーラを放っている。

たしかに、『誘いを断られたことがない』と自信たっぷりなのもうなずける。

私から手を離すと、星野彗はほんのちょっと体を屈めて、私を見つめながら考え込むように腕を組んだ。

「キミってさ、本当にこの学校の生徒？」

「え？」

彼は大きな目を細めて疑わしそうに私を見つめる。

「俺、この学校のかわいい子は全員チェック済みなんだよ。キミみたいな子にずっと気づかなかったなんて……」

「……一年二組。紛れもなく、この学校の生徒です」

答えると、星野彗は目を丸めた。

「え、隣のクラスじゃん！　名前は？　何ちゃん？」

「……奈央」

言うべきかどうか少し悩んで、結局答えてしまった。

星野彗は私の名前を聞いて「奈央ちゃんね」とうれしそうに繰り返してから、思い出したように首をひねる。

「けど、隣なのになんで気づかなかったんだろ。灯台下暗《とうだいもとくら》しってヤツかな」

キンと響く特徴的な声を聞いていると、胸が痛くなってくる。

『あんなブスに告るなんて、ほんとすげーよ』

頭痛を引き起こしそうな甲高い声でそう言ったのは、今私の正面に立っている金髪の彼だ。

それなのに今、同じ口で、今度は私をかわいいと言う。

メイクの威力に驚かされるのと同時に、なんだかやりきれない気持ちになった。

「奈央ちゃん、二階とかまわった？」

星野彗はいきなり肩に手をまわしてきた。

「ちょっ‼」

「二年が出店してるカフェがさ、めちゃくちゃレベル高いスイーツ出すらしいから、行ってみようよ」

私の返事は聞かずに階段に向かって歩き出す。

肩を抱かれて強引に歩かされながら見上げると、精巧な彫刻みたいな顔に満面の笑みが浮かんでいた。

私が嫌がっているなんて、微塵《みじん》も思っていない顔だ。

「ねえ星野くん、私」

「ほんと、奈央ちゃんスゲーかわいいよね！　なんで俺、今まで気づかなかったんだろ」

話しながら、星野彗はくるくると表情を動かす。

「顔だけカワイイ子は普通にいるけどさ、奈央ちゃんはなんか違うんだよな。や、もちろん見た目もかわいいよ！　けどなんか一味違うっつーか、こう、釣りたての魚みたいな？　目が澄んでるみたいな？」

歩きながらひとりでずっとしゃべっているけれど、まるで耳慣れない外国語を聞いているみたいで、私にはさっぱり理解ができない。

おまけにさっきから「手を離して」と頼んでいるのに、聞こえていないのか聞く気がないのか、星野彗はずっと私の肩に触れたままだ。

「あの、星野くん」

階段を上がろうとした星野彗に、思いきって抵抗をしようとしたとき、

「あ、レオ」

彼の言葉に心臓が飛び跳ねた。

上の階から下りてきた高槻くんが、星野彗に気がついて踊り場で足を止める。

私はとっさに肩に置かれた手を振り払った。

「よぉレオ、どこ行ってたんだよ。さっきアヤノが探してたぞ」

「……ああ、店の売上金、今、渡してきた」

高槻くんは私のことなんか見えていないらしく、いつもの無表情で星野彗にだけ答えた。

長い足を再び踏み出し、「じゃあな」と言って横を通りすぎようとする彼に、私はホッとしていた。

このまま気がつかないで、通りすぎてくれればいい。

「どこ行くんだよレオ。これから二年のスイーツ屋に行こうと思ってんだけど、一緒に行かね？」

星野彗の提案に、余計なことを言わないで、と声を上げそうになった。

でも高槻くんは振り返りもせず、階段を下りきって廊下を進みはじめる。

「いや、いい。俺ちょっと今、人を捜し——」

「待てよレオ、この子を紹介するから。俺のお気に入りなんだ。かわいいっしょ」

せっかく肩に置かれていた手を振り払ったのに、星野彗はあろうことか、私の腰に腕をまわして高槻くんに呼びかけた。

声を上げることも忘れ、ただ硬直する。

立ち止まった広い背中が、こちらを振り返る。

「セイ。俺は今、忙し――」

不機嫌そうな声を出していた高槻くんが、ピタリと言葉を切った。

「――」

はっきりとした二重の目が、私をまっすぐ見据える。

なんの感情も読み取れない表情の変化のなさが、かえって怖い。

無表情なままの彼から目をそらし、私はうつむいた。

大丈夫。私だと気がつくはずはない。

祈るような気持ちで足元を見つめていると、星野彗の能天気な声が鼓膜を揺らす。

「盲点っつーかなんつーか、まさかこんな近くにこんな子がいると思ってなくてさー。なんかもう運命みたいな？　彼女さ、じつは隣の――」

とっさに星野彗の口元に手を伸ばした。

声を出させないように、両手を重ねて彼の口にグッと押しつける。

――隣のクラスの奈央ちゃん。

そんなふうに言われたら、気づかれてしまうじゃない！

余計なことを言わないで、と睨みつけても、口をふさがれた星野彗は不思議そうに目をぱちくりさせて私を見下ろすだけだ。

そのとき、星野彗の口を押えていた腕を、うしろから掴まれた。

何が起きたのかわからないまま、強い力に引っ張られ、反対を向かされる。

そのまま引きずられるようにして廊下を走った。

足がもつれそうになりながら前を見れば、黒い髪と広い背中が目に入る。

背後で星野彗の叫び声が聞こえたけれど、何を言っているのかわからなかった。

な、何――？

高槻くんに引っ張られるまま、生徒玄関を飛び出す。

何が起きているのかわからない。

風船や紙花で飾りつけられた焼きそばやクレープの屋台を通りすぎ、賑わっている人の波をかき分けるようにして進んでいく。

私の右手首は、少しも緩むことのない強い力で掴まれている。

高槻くんは人にぶつかりながら、一度も振り返ることなく私を校舎裏へと引っ張ってきた。

表の賑わいと打って変わって静かなそこは、真上から強い日差しが降り注ぎ、真っ白に霞《かす》んでいる。

太陽の熱を避けるように木陰に入ると、高槻くんは深く息を吐き出し、それから静かに振り返った。

その表情はさっきと変わらず、まっさらなままだ。

だけど、全身から漂う迫力のようなものに、私は掴まれていた腕を抱くようにして一歩あとずさった。

じっと見下ろされ、目をそらす。

バレているはず、ない。

そう思うのに、恐怖にも近い感情が足元から込み上げてくる。

高槻くんが怒っているように見えるのは、なぜ?

ふう、ともう一度息を吐き出した音が聞こえて、肩が震える。

と、高槻くんの声が芝生に落ちた。

「……何してんの」

ゆっくりとした静かな口調はいつもと変わらないのに、どこか押し殺したような低い響きだった。

「な、何って……」

バレているの？

バレていないの？

恐くて顔を上げられず、私は足元で揺れる木漏れ日ばかりを目に映す。

心臓が暴れまわっていて、息ができない。

どうすればいいのかわからないまま黙っていると、

「小塚」

はっきりと発音された名前に、頬を叩かれたような気がした。

おそるおそる顔を上げると、高槻くんは表情を変えないまま私を見下ろしている。

木漏れ日が揺れて彼の表情の上にまだらな模様を描き、私は縮めていた肩を緩めた。

「気づいて、たんだ……？」

無言のままの彼に、取り繕うように笑ってみせる。

「す、すごいね。星野くんは気がつかなかったのに……」

つい昨日まで私のことを地味ブスと呼んでいたのに、とは言えず、黙り込んだ。

学園祭の賑わいが、風に乗って運ばれてくる。

屋台の匂いや生徒たちの楽しげな声が、私と彼の間の沈黙を埋めてくれる。

「……わかるよ」

ポツリと言って、高槻くんはなんとなく不機嫌そうにかたわらの大きな木へ視線を移した。

私は急に恥ずかしくなった。

鏡に映っていた自分の今の姿を思い出して、短いスカートの裾をギュッと握りしめる。

「へ、ヘンだよね、こんなカッコ。わ、私も似合わないって、わかってるんだけど、その……」

じわっと涙がにじんできて、慌てて顔を伏せた。

高槻くんに見破られたとたん、自分がひどく滑稽《こっけい》に思えて、いたたまれない気持ちになる。

何やっているんだろう、私。

浮かれていた自分がひどく恥ずかしくて、きゅっと唇を噛んだとき、

「似合わなくは、ないけど……」

ぶっきらぼうな声で、高槻くんはそう言った。

「え……」

「ていうか、なんでセイと……」

高槻くんはそこまで言うと、突然パッと顔を上げて私の後方に目を向けた。

気が抜けたようだった表情から急に真剣な顔つきになって、一瞬あっけにとられる。

彼の視線につられて振り返っても、そこにはグランドの隅っこと校舎の角が見えるだけだ。

その角を曲がった向こう側から、学園祭の賑わいが聞こえてくる。

「こっち」

急に腕を取られ、再び引っ張られた。

高槻くんは見つめていた方向とは反対方向に歩き出し、私は校舎裏からさらに雑草が生い茂った敷地の隅っこへと連れていかれた。

校舎の白い壁とブロック塀に挟まれた一メートルほどの狭い隙間に私を押し込めると、高槻くんは声をひそめる。

「ここにいて」

「え?」

「声、出さないで」

私に覆いかぶさるように長身を屈めてシッと長い指を唇に当てる仕草に、場違いにも胸が高鳴ってしまう。

「俺が戻ってくるまで、ここで待ってて」

そう言うと、高槻くんは急いで校舎裏へ戻っていく。

次の瞬間、聞き覚えのある甲高い声が耳をつんざいた。

「あ、いた！」

校舎の陰からそっと向こうをうかがうと、高槻くんの黒髪と対照的な金髪が、強い日差しの下で向き合っていた。

どことなく張り詰めた光景に、息を詰める。

「おい、いきなりなんだってんだよ！　レオ、あの子、どこやった⁉」

興奮気味にまくしたてる星野彗に、高槻くんは冷静だ。

「逃がした」

「逃がしたってお前……キャッチ&リリースじゃねーんだよ！」

「もう帰ったと思うし。あきらめれば」

「さらっと言ってんじゃねぇし！　俺の運命の子だったのに‼　いてっ」

高槻くんがなんの前触れもなく星野彗の頭をはたいて、ギョッとする。

「何すんだよいきなり」

「わりぃ、なんか急にムカついて」

息をひそめて彼らのやりとりを覗いている間に、奇妙な考えが頭をかすめていった。

高槻くん、もしかして……私を星野彗から隠した……？

「ほら、セイ。向こうでなんか適当な女子たちがお前を待ってる」

「なんだよ、その言い方！」

まさか、という気持ちと、そうかもしれない、という気持ちが胸の奥で交錯する。

隠したのだとしたら、どうして？

星野彗が私を見つけるのが、嫌だったということ？

でも、どうして？

視界の中で、高槻くんが星野彗を追い返すように背中を押している。

それは、普段彼らが見せる何気ないじゃれ合いに見えないこともないけれど、高槻くんの声はどことなく硬くて、そっけない感じがする。

「ほら、セイ。さっさと行けよ」

「押すなって。つか、なんだよさっきから。扱いが雑！　優しくしないと泣くぞ！」

あの高槻くんが……まさか嫉妬《しっと》？

一瞬よぎった考えを首を振って打ち消すけれど、一度思い浮かべてしまった想像はしつこく私の頭を占拠して、なかなか消えてくれなかった。

私を、星野彗に会わせたくなかった？

星野彗が私の見せかけの外見を気に入ったから、高槻くんはそれが気に入らないの？

たかが、罰ゲームで一緒にいる女なのに？

星野彗の頭を容赦なく引っぱたいている高槻くんの細くて大きな背中を見つめなが

ら、何か黒いものが胸の中で渦《うず》を作りはじめていた。

どうしようもない地味ブスなのに、オシャレしてメイクして見た目ががらりと変わったとたん、態度を変えるの？

嫉妬までするの？

胸の底から真っ黒な炎が噴き上がった気がした。

かすかな喜びとともに。

真っ黒な、何かが——。

懐《なつ》く、懐かれる

――見返してやれよ。

――大変身して、相手を悔しがらせてやれよ。

いつかの翔馬兄の言葉が、頭の中のゴミ箱に放り込んだはずのセリフが、耳の奥に張りついて離れない。

学祭が終わり、一週間がたった。

「おはよう」

いつものように窓際の席で参考書を広げていた朝子に声をかけると、彼女は短く返事をしてから目を上げた。

「おはよう奈央。そういえばさっき――」

そのとき突然ドアが開き、朝子の声をかき消す大音量が室内に響き渡る。

「奈央ちゃあああああん！」

キンと耳が痛くなるその声に、条件反射のように体がこわばった。

背中を向けているから姿は見えないけれど、その特徴的な声音だけで叫び声の主が誰だか特定できる。

脳裏に、太陽の光を反射した金色の髪がきらめく。

「クソッ、今日も来てねぇのか」

そんな声とともに星野彗が出ていく気配を確認して、胸を撫で下ろした。

「今日も来てるが、奈央を捜してるんじゃないのか？」

「違うと思うよ……」

目をそらしながら、私は朝子の隣の自分の席へとカバンを置いた。

大変身なんて、そんなに簡単にできるはずがない。

学祭の翌日から、私は以前と同じ伊達メガネに三つ編みスタイルだ。

切られてしまった眉毛とスカート丈は元に戻すことができなかったけれど、朝子も星野彗も、そんなささいな変化になんて気がつかない。

「なんでも、彼は学祭で会った運命の彼女を捜しているらしいぞ」

「運命の彼女……」

頬が引きつってしまった。

メイクを落として髪型と服装を変えたとたん、幽霊みたいに見えなくなる相手を、運命の彼女だなんて……。

星野彗の頭と目の仕組みを不思議に思いながら、私はカバンから教科書を取り出して机にしまった。

校内でトップの人気を誇るアイドル男子は、休み時間になるたびに私たちのクラスに顔を出した。

女子から黄色い悲鳴を浴びせられ、男子に不審がられ、それでもひるむことなく目的の人物を捜しまわる。

「クソ、なんでいねぇんだよ！」

女子の顔をひとりずつ確認するという、ファンの子たちからすれば失神ものの行為にまで及んだけれど、彼は想い人にたどりつけなかった。

ちなみに私も顔を覗き込まれたけど、一秒で「違う」と断定された。

二組の教室を飛び出していく金髪の背中を見送りながら、ため息がこぼれる。

メイクの力って本当にすごい。

そして星野彗がいかに女の子の外見しか見ていないかということが、うんざりするくらいよくわかった。

見まわせば、教室のあちこちで女子たちがスマホを見せ合ったり、おしゃべりをしたりしている。

キリカさんが変身をさせてくれたおかげで、今まで気づきもしなかったことがわかるようになった。

髪を巻いたり染めていたり華やかに着飾っているグループの女子だけでなく、一見派手ではない子たちも、じつは眉を整えたり薄くメイクをしていたりと、何かしら自分を飾るために手を加えている。

ほかの子たちは私と違って、ただ存在しているだけでかわいいのだと思っていたけれど、本当はみんな、大なり小なり努力をしているのだ。

ショートカットがよく似合うキリカさんの、優しかった手の感触を思い出す。

──時間を止めるなんて、もったいない。

──せっかく女の子に生まれたんだから、女の子であることを楽しまなきゃ！

私が殻に閉じこもって止まった時間の中で過ごしている間に、私と同じ年の子たちは着実に〝女の子を楽しんで〟いるんだ。

ふと耳に入った声に、私は席についたまま廊下を見やった。

学園祭が終わってから、私は以前にも増して高槻くんのことを目で追うようになっている。

どこにいても何をしていても、彼の声が聞こえれば否応《いやおう》なしにそちらに意識が奪われる。

「なーレオ！　あの子、見つかんねぇよ！」

二組の教室の前を通りかかった高槻くんに、星野彗が甲高い声を張り上げている。

「おい、なんか言えよレオ」

無言の高槻くんに取りすがるようにわめき立てる星野彗は、まるで飼い主にまとわりつく犬みたい。

「セイ〜、あたしたちがいるじゃーん」

「彼女はお前らとはなんか人種がちげぇんだよ！　ああ、神様。俺の天使はいったいどこに……」

人気グループに群れている女の子たちが甘い声を上げても、星野彗は容赦なく切り捨てた。

彼女たちの「ひっどぉーい」という声が廊下いっぱいに響き渡っても、金髪の彼はまったく意に介さない。

廊下で繰り広げられるそんなやりとりを、お芝居でも見るように周囲の生徒たちが覗き見している。

星野彗が、どこの誰だかわからない女を追いかけているらしい。

そんな噂が、すでに一部で広がりはじめていた。

「なぁ、レオ。お前ホントに知らねぇのかよ。奈央ちゃんのこと」

「……知らねぇ」

「なんだよ、不機嫌だな」

ぼんやり廊下に視線を送っていると、高槻くんがチラッとこちらを向いて、私の頬は突然火がついたように熱くなった。

慌てて顔をそらす。

目が合ったうれしさと、秘密を知られているという恥ずかしさで、心臓がバクバクと落ちつかない。

校内一の人気を誇るアイドルが、よりにもよって私なんかを捜しているなんて……。

そんなおとぎ話のような話を誰も信じるわけがないし、私自身、誰にも言うつもりはない。

星野くんには悪いけど、あのときの奈央はもう現れない。

またあの姿になりたいと思わなくもないけれど、私は学校生活の中で長く殻をかぶりすぎていたらしい。

今さら、華やかな自分になんてなれない。

あれは学園祭の間だけ、キリカさんが見せてくれた夢。

男の子から「かわいい」と言われたり、自分を着飾ることで得られる胸をくすぐるような甘い喜びを、あの時間だけ、私に教えてくれたのだ。

それがわかっただけで、私にとっては大きな一歩だった。

それに、自分でもよくわからない感情を見つけることもできた。

校舎裏で、星野彗に見つからないように私を隠したときの高槻くんの顔。

少し怒ったように、ぶっきらぼうな口調で「ここにいて」と言ったときの声。

そんな彼の態度に、一瞬だけ湧き上がったあの黒い感情。

必要とされているような、まるで私自身が魅力的な人間なんじゃないかと錯覚するような、心が肥大していくようなあの感じ。

彼が焦ったり怒ったりしている様子を見て、胸が晴れるなんて……。

自分のひねくれ具合に呆れながら、私はまた廊下に目をやった。

トップ五の姿はもうそこにはなく、ざわついているいつもの休み時間の光景があるだけ。

高槻くんの姿や、こちらに向けられた視線を思い出しながら、私は次の授業がはじまるまで、ぼんやりと廊下を眺めていた。

私は相変わらず、高槻くんを目で追いかけている。

これまでと同じように、一方的に見つめるだけのつもりで。

それなのにどういうわけか、ここ最近、高槻くんと視線がぶつかってしまう。

さっきみたいに。

私が見つめていることに気がついているみたいに、高槻くんは不意に見つめ返してくるのだ。

罰ゲームの告白からはじまった関係なんて、すぐに消えてなくなると思っていたのに、彼はまだ、終わらせるつもりはないらしい。

高槻くんは、登校時や学校にいる間は徹底して私に話しかけてこない。

地味ブスと一緒にいるところをほかの生徒に見られたくないなら、無理して罰ゲームを継続する必要もないだろうに、彼はいつも下校時間になると校門で私を待っていた。

最初は何か別の目的でそこに立っているのだと思ったのに、私が帰ろうとすると声をかけてきて、なぜか家まで送ってくれる。

高槻くんの考えていることが、よくわからない。

いつの間にかセミの声がぱたりとやみ、夏が急速に遠ざかっていた。

残暑が長引いたせいで、今年の秋はほんの少ししか顔を見せないつもりらしい。

並木のイチョウも少しずつ色を薄れさせ、乾いた風にカサカサと体を震わせている。

「キンモクセイ」

隣から落ちた低い声に「え？」と顔を上げると、高槻くんはすっと伸びた鼻梁《びりょう》を前に突き出した。

「どっかに咲いてる」

言われてみれば、黄色い小さな花が放つ独特の甘い匂いがあたりを包んでいる。

「ほんとだ」

「……秋だな」

ぼそりと前を見つめたままのつぶやきに、私の心はムズムズとくすぐったくなる。

高槻くんは季節の訪れを感じるのが好きだ。

春には桜を見上げモンシロチョウの動きを目で追い、夏には木の幹で羽を震わせるセミを飽きることなく見つめている。

遠くから眺めているだけだった彼の小さな癖を、こんなに間近に見られるとは思ってなかった。

学校から駅まで続くイチョウ並木を高槻くんと歩きながら、晴れ渡った高い空を見上げる。

私は本来よくしゃべるタイプなのだけど、私が話した内容をあとで星野彗たちと笑うのかなと思うと、どうしても口数は減ってしまう。

高槻くんのほうはもともと無口だから、ふたりの会話は自然と途切れがちになった。

それでも、だんだん沈黙が苦にならなくなっている。

自分の変化を不思議に思っていると、風の音しか聞こえない通りに、高槻くんの静かな声がポンと浮かんだ。

「小塚の兄貴って、今、もう大学生？」

「え、うん」

突然の問いかけに返事をしてから、あれっと思った。

私、高槻くんに翔馬兄の話をしたことがあったっけ？

それから思い至る。

そういえば高槻くんはいつか、朝、私の家まで迎えに来たことがあったのだ。

そのときに顔を合わせたんだっけ。

「すごい横暴で、妹としてはもっと優しい兄がよかった」

切実な気持ちで言うと、高槻くんはかすかに目元を緩めた。

静かで、優しい微笑み。

ほかの人にとってはごくささいな表情の変化にすぎなくても、無表情な彼にとってはとても大きな感情表現だということに、私もようやく気がついていた。

「高槻くんは、兄弟いるの？」

「俺は、年の離れた弟が……」

そこまで言うと、高槻くんは突然尻ポケットに手を伸ばしてスマホを取り出した。

電話が来ているらしく、彼の大きな手の中でヴーッと低く唸《うな》っている。

「ごめん」

私にわざわざ断ってから、スマホを耳に当てる。

「はい、高槻です」

いつもより硬い声でそう言ったかと思うと、彼の顔がさっと青ざめた。

「わかりました。すぐ行きます」

通話を切り、私を振り返る。

ドキッとした。

いつも感情を出さない彼が、泣きそうに見えたから。

「高槻くん……?」

「ごめん、一緒に来て」

「え⁉」

いきなり右手を掴まれて、私たちは通りを走り出した。

黄緑色のイチョウの葉と抜けるような空の青と、前を行く高槻くんのツヤやかな黒い髪が、私の目の中で鮮やかに跳ねる。

「高槻くん?」

広い背中に呼びかけても返事をもらえないまま、私は引きずられるようにして駅の改札をくぐった。

電車を乗り継いで数駅、私の最寄り駅の手前で降りると、高槻くんは賑わう商店街を抜け、二階建ての建物の前で立ち止まった。

大きな庭は白いフェンスに囲まれ、軒先には小学校にあるような靴箱が置かれている。

玄関前で目をぱちくりしている私を尻目に、高槻くんは引き戸をガラガラと開けた。

その瞬間、内側から賑やかな声が飛び出してくる。

建物の中では、二十人くらいの子どもたちがフローリングの上を縦横無尽《じゅうおうむじん》に飛び跳ねていた。

小学校の休み時間みたいな騒々しさの中に、彼は負けじと声を張り上げる。

「すいません、高槻です。遼《りょう》、帰るぞ」

奥からエプロンをかけたおばさんが出てきて、高槻くんは頭を下げた。

私はぽかんとそのやりとりを見ていた。

彼が大きな声を出すところも、大人の人と敬語で話すところも、これまで見たことがない。

子どもたちが駆けまわるフロアの奥から、青いステッチの入った黒いランドセルを抱えた男の子が歩いてくる。

黒いさらさらの髪の毛に、くりくりとした大きな目。

面立ちがどことなく高槻くんに似ていて、私は「年の離れた弟」と言っていた彼の低い声を思い出した。

「遼、具合は大丈夫なのか？」

ランドセルを取り上げて、高槻くんは男の子の額に手を伸ばす。

「平気ー」

エプロンの女性に「先生さようなら」と挨拶をして、少年は振り返った。

軒先に突っ立ったままの私に気がつき、不思議そうに目をまたたかせる。

つぶらな瞳で私と高槻くんを見比べると、パッと顔を輝かせた。

「兄ちゃんの、カノジョ」

指をさされて固まっている私に、高槻くんは気づいたように少年の頭を軽く叩いた。

「ごめん小塚。これ、弟。遼、挨拶しろよ」

促され、男の子は目をキラキラさせながら食い入るように私を見る。

「たかつきりょう、二年生です」

「あ……小塚、奈央です」

「兄ちゃんのカノジョ」

そう繰り返す遼くんの手を掴み、高槻くんは歩道へと歩き出す。

「ヘンなこと言ってないで、帰るぞ」

「カノジョじゃないの？」

「そうだけど……遼、お前、カノジョの意味、わかってるのか？」

彼らのうしろを歩きながら、私は頬の火照《ほて》りを抑えられなかった。

カノジョって！

そうだけどって！

……私、高槻くんの彼女なの⁉

告白をされて付き合うようになったとはいえ、すべては罰ゲームなのだ。

それなのに、学校とは関係ないところで〝カノジョ〟だなんて耳慣れない言葉を当てはめられると、自分でも驚いてしまう。

まるで本当の彼女になったみたいに。

背の高いお兄さんと、そのかたわらをちょこちょこついていく弟くん。

ふたりの背中を眺めていると、高槻くんがふとこちらを振り向いた。

「うちのマンション、この近くだから」

「えっ！」

その言葉の意味を考えている間に十一階建てのマンションが目の前に迫り、私はなぜか兄弟とともにエントランスをくぐってエレベーターに乗り、五階にある高槻家の玄関をくぐっていた。

突然の状況に頭がついていかない。

靴を脱いで家の中に上がるふたりを呆然《ぼうぜん》と見ていると、高槻くんはなんでもないように言った。

「うち共働きで両親いないから、気にしないで上がって」

「え、でも……」

「奈央ちゃん、一緒にゲームしようよ」

私の手を取って中へ引っ張ろうとする遼くんを、高槻くんがうしろから遮る。

「奈央ちゃんとか呼んでんな。ってか、お前は熱があるんだろ」

「ないよ、もう下がったし」

「とりあえずもう一回測るから。大人しくしてろ」

「はあい」と言いながら廊下の奥に駆けていく遼くんから私に視線を戻し、高槻くんは「リビング、こっちだから」と私を促した。

「お……お邪魔します」

わけがわからないまま、私はひとまずローファーを脱いで、玄関に揃えた。

高槻くんの両親は共働きをしていて、八つ離れた弟の遼くんは、小学校が終わるとそのまま近所の学童保育で夕方まで過ごすらしい。

そして遼くんを学童まで迎えに行くのが、高槻くんの役目なのだという。

「いつもは十七時すぎに行けばいいんだけど、今日は熱が出てるって連絡があったからさ」

ダイニングテーブルでお茶をもらいながら、私は体温計に真剣な眼差しを向ける高槻くんをじっと見つめた。

学校にいるときとも、並木道を歩いているときとも違って、彼の表情には驚くほど感情があふれている。

「七度四分。たいしたことないな」

「だからぁ、先生は嘘つきなんだよ」

「ちょっと大げさなだけで、別に嘘じゃないだろ」

絨毯《じゅうたん》にあぐらをかいている高槻くんの背中にのしかかったり、一緒に体温計を覗き込んだり、遼くんはよっぽどお兄ちゃんが好きらしい。

なぜか学校で高槻くんにまとわりついていた金髪のアイドル男子を思い出して、私は笑ってしまった。

高槻くんは、きっとすごく面倒見のいい人なんだ。

彼の新たな一面を発見するたびに、胸がほっこりと温かくなる。

「兄ちゃんお腹すいたー」

「学童でおやつ食ったんだろ?」

「でも、お腹すいたんだもん」

首にぶら下がって小猿のようにじっとしていない遼くんを、高槻くんは慣れた様子で引きはがして立ち上がった。

「しょうがねえな」

学校にいるときよりも口数が多く、しゃべり方もなんとなく砕けている。

そんな彼を見ているだけでひどく新鮮だ。

「チャーハン作るけど、小塚も食う?」

「えっ⁉」

カウンターキッチンに入って冷蔵庫を開ける高槻くんに、さも当たり前のように聞かれて、私は耳を疑った。

「高槻くん、料理できるの?」

「料理っていうか、チャーハンだけだけど……」

「奈央ちゃんも食べようよ。兄ちゃんのごはん、すごくおいしいよ」

ダイニングテーブルに飛びついて、遼くんが満面の笑みを浮かべる。

まるで尻尾を振っているような様子に、私はあっけにとられた。

とんとんとん、と小気味いい包丁の音が聞こえはじめて、キッチンに立つ高槻くんに目を向ける。

エプロンはせず、長身を少し屈めるようにして手を動かしている。

「す、すごいね、お兄ちゃん。私なんて野菜を切ることもできないよ」

「兄ちゃんは、なんでもできるんだよ」

「えーすごい！　私のお兄ちゃんは……」

なんでもできるどころか、余計なことしかしない。

頰に笑みを浮かべたまま言葉を失っている私に遼くんはうれしそうに微笑みかけ、

「いいもの見せてあげる」と私をリビングの隣の部屋に引っ張った。

引き戸を開くと、そこは兄弟の部屋なのか、高校の教科書が並べられた勉強机と小さなローテーブル、それから二段ベッドが置いてある。

遼くんはオモチャの楽器やサッカーボールが詰め込まれた箱をどかして、奥の棚から何やら分厚い表紙の重そうな本を取り出した。

「これー」

得意そうに笑いながら、私に差し出す。

「アルバム……？」

部屋の真ん中に置かれたローテーブルの上で、渡されたアルバムのページをめくってみると、今の遼くんと同じ年ぐらいの男の子が目に入った。

「これ、遼くん……じゃないよね？」

私の横に座ってアルバムに身を乗り出し、遼くんはうれしそうに言う。

「兄ちゃんのちっちゃい頃だよ」

「やっぱり！　遼くんにそっくりだね」

そう言うと、よほどうれしいのか少年はにっこり笑ってページをめくった。

「僕もいるよ」

小さな指が示した写真には、公園らしき広場で滑り台にのぼりながらピースをしている遼くんの姿があった。

高槻くんの少年時代は、遼くんとウリふたつだ。

「遼くんかわいい！　この滑り台楽しそうだね！　おうちの近く？」

渦巻の形の変わった滑り台を指さすと、遼くんは小さな頭を左右に振る。

「違うよ。ずーっと遠く」

「遠く？」

「去年まで、俺たちN県に住んでたんだよ」

突然響いた低い声に驚いて振り向くと、高槻くんがおたまを持ったまま部屋の入り口に立っていた。

「ていうか遼、恥ずかしいもん勝手に見せんな」

「あ、ご、ごめん」

私が手にしていたアルバムを閉じると、高槻くんはなんとなくバツが悪そうに目をそらした。

「いや、別にいいんだけどさ」

そのままリビングのほうへ戻っていく。

「遼、メシできたから、手洗ってこいよ」

「うん！　奈央ちゃんも。洗面所、こっち」

跳ねるように立ち上がり、遼くんは私の手を取って洗面所まで連れていった。

手を洗いリビングダイニングに戻ると、テーブルに三人分のチャーハンとワカメスープまで並んでいる。

ツヤツヤと輝くお米に黄色の卵、ふんわりとしたこうばしい匂いに空腹を覚えた。

「すごい……！　おいしそう」

「スープはインスタントだけど」

イスに座った遼くんに小さなスプーンを手渡しながら、高槻くんはぶっきらぼうな声を出す。

どうやら照れているらしい。

チャーハンは本当においしくて、私は高槻くんを褒めまくった。

学校ではありえないほど高槻くんは顔が真っ赤になって、私はまた彼の新しい一面を見つけてうれしくなった。

高槻くんは弟想い。

高槻くんは料理ができる。

高槻くんは、じつは照れ屋。

知らなかった彼の顔が、どんどん明らかになっていって、自分がどんどん落ちていっているような気がした。

這《は》い上がれなさそうなほど、深い心の奥底へと――。


マンションの近くに勤めている彼らのお母さんから、帰ってくるという連絡を受けて、高槻くんは私とともにマンションをあとにした。

遼くんはテレビアニメに夢中で、そのままひとりでお母さんの帰りを待つらしい。

「今日は悪かった……付き合わせて」

日の暮れかけた薄暗い道を歩きながら、高槻くんはポツリと言う。

見上げた横顔はまっすぐ前を向いたまま感情を出していないのに、なぜか高槻くんの心を読み取れるような気がした。

今日一日で、彼のことをたくさん知ることができたからかもしれない。

「ううん。楽しかった。遼くんかわいかったし。私のほうこそ、ごちそうになっちゃって……」

買い物袋を下げたおばさんや、部活のジャージ姿で帰宅している中学生たちがすれ違っていく。

駅のほうから流れてくる人の波と、アスファルトに長く伸びた影。

一日の終わりを感じる時間帯が、なぜかいつも以上に物悲しく感じられる。

高槻くんと過ごした時間が、あまりにも濃かったせいかもしれない。

「弟の面倒を見て料理までするなんて、高槻くん偉いね」

思ったままを口にすると、彼はチラッと私を見下ろして、それから小さく、まるで恥じ入るみたいに頬を持ち上げた。

笑っているような悲しんでいるような表情に、私はハッとする。

「昔は全然ダメだったんだ」

「え……？」

「遼を、かわいいと思えなかった」

放られた声にはトゲも重みもなく、風化した気持ちの残骸をただ声に乗せているだけ、という感じだった。

思い詰めた過去の出来事を、高槻くんは私に話そうとしてくれている。

「親の目が全部弟に行って、うまくいかない時期があったんだ」

買い物帰りのお母さんに連れられた小さな男の子を目で追いながら、高槻くんは静かに語った。

遼くんが生まれたばかりの頃、小学生だった高槻くんは、急に現れた弟の存在をどうしても受け入れられなかった。

「お兄ちゃんになったんだぞとか、弟の面倒を見てやれとか、親に言われて笑っててもさ、内心〝なんで俺が〟って思ってた」

両親の目が弟にばかり注がれることが、小学生だった高槻くんにとっては耐え難いことで、マイナスの気持ちは、彼の穏やかだった生活を奪った。

「学校でも、家でも、本当にすべてがうまくいかなくて、全部が嫌で、消えてなくなりたいって思ってた」

「高槻くんが……？」

夕暮れに染まる歩道を歩きながら隣を見上げる。

彼は遠くの空を染めるオレンジの光を見つめたまま、表情を変えなかった。

足元に伸びた影が置いていかれないようにと、彼を追いかけているみたいで、私はなぜか胸が痛くなった。

「どうやって、変われたの？」

高槻くんの過去の気持ちが、自分の過去と重なった気がした。

消えてなくなりたいって、思っていた――。

ひとりぼっちの世界で、いてもいなくても変わらない私の存在なんて――。

夕日に向けていた目を私に注いで、高槻くんは小さく笑った。

白い歯を覗かせた、クシャッと崩れるような笑い方。

そんな弾けるような笑顔を目にするのは、彼を見つめて以来初めてで、思わず鼓動が高鳴る。

「救ってくれたヤツがいたんだ」

高槻くんの声は、不思議な響きを含んでいた。

うれしそうな、悲しそうな、泣きそうな、震えた声。

「約束したから……」

笑顔を消し、噛みしめるようにそう言って、高槻くんは足を止めた。

オレンジ色の空を横断する鉄橋を、電車がガタゴトと音を立てて渡っていく。

「ごめん、本当は家まで送りたいんだけど……」

元の無表情に戻った彼が、わずかに眉を下げて私は急いで首を振った。

「ううん。遼くんひとりで待ってるんだし、早く帰ってあげなきゃ」

改札に続く短い階段をスーツや制服を着た人たちがのぼったり、下りたり、みんな短い秋に気づきもせずに忙しく歩を進めている。

高槻くんと目が合ったまま、無言の時間が流れた。

彼は見送ってくれている立場なのだから、さよならは、私から言うべき。

なのに、どうしてだろう。

すごく別れがたい。

かげっていく空と駅前商店街を行く人の流れ、さらに優しい時間に包まれて、なぜだか胸が締めつけられる。

その感情の正体がわからないまま、私は笑顔を作った。

「それじゃあ」

そう言って階段を上がろうとしたとき、高槻くんの表情がかすかに動いた。

「あのさ」

どことなく緊張した顔で、彼は静かに私を見下ろした。

「今度の日曜、ふたりで遊びに行かない？」

「え……？」

「デート、しよう」

まっすぐ私を見つめたままの高槻くんの瞳に、夕日のオレンジが静かに光っていた。

じゃあね、さようなら

あの高槻くんも、世間から弾き出されてしまったような深い悲しみをいだいていたことがあった。

……私のようにすべてが嫌になってしまうくらい、胸の中で黒い感情を育ててしまった過去があった。

私に話してくれていたときの彼の顔が、頭の中で何度もリプレイされる。

夕日に照らされながら無表情に語っていた彼が、表情を崩した瞬間で記憶はストップする。

一時停止ボタンを押したみたいに、クシャッと砕けた笑顔が脳裏に焼きついている。

――救ってくれたヤツがいたんだ。

それは、めったに動かない高槻くんの表情を、あんなに崩してしまうだけの大きな出来事で。

彼にとってはとても大事な思い出なのだ。

高槻くんを、救い出した人。

どんな人だろうと気になるのと同時に、なんだかうらやましかった。

私を救ってくれる人は、どこかにいるのかな。

殻に閉じ込められた私は、いつか誰かに助け出されるのかな……？


「何ぃ！　デートだと⁉」

そう叫ぶやいなや、翔馬兄は私の部屋のクローゼットをものすごい勢いで開いた。

「見事にダセェ服ばっかじゃねえか！　どれ着ていくつもりだ、お前！」

「ま、まだ決めてないよ。ていうか、勝手にクローゼットを開けないでよ」

私が駆け寄ると、翔馬兄は苦々しい顔で振り返った。

「何を悠長《ゆうちょう》なこと言ってんだよ、デートって明日なんだろ？」

「う、うん」

男の子とふたりで出かけたことがないからって、翔馬兄に相談したのは失敗だったかもしれない。

オブラートという言葉を知らない翔馬兄のズケズケした物言いに、私はいきなり心をくじかれている。

「デートって、例の罰ゲーム男なわけだろ」

高槻くんの顔が思い浮かんで、私は黙ってうなずいた。

そうだった。

無防備な彼を目の当たりにしたせいで、ときどき忘れそうになる。

高槻くんにとっては罰ゲーム。

でも……本当に罰ゲームなのかな。

高槻くんが私を騙しているようにはとても見えなくて、素の自分を見せてくれる彼のことを、私は前以上に気にしている。

「よし、今から買い物に行くぞ」

翔馬兄の声に、私は窓の外を見た。

今は土曜日の午後三時。

日がずいぶん短くなったから、今はまだ青く輝いている空も、もうすぐ暗くなりはじめる。

「今からって……」

「いいからほら、早く支度しろ」

シャツにジーンズという簡単な格好でもどことなく垢抜《あかぬ》けている翔馬兄は、私のクローゼットを引っかきまわし、買い物に行くための服装を見繕った。

「ダセェ妹を連れて歩くのは抵抗あるけど、仕方ないな。ついでに化粧道具も買ってくるか」

「私、そんなお金ないよ」

　カーディガンとスカートを受け取りながら焦って言うと、翔馬兄は不敵な笑みを浮かべた。

「俺が買ってやるよ。この間キリカが使ってた道具もチェックしてあるし」

　得意そうに言われ、私はあ然とした。

「買ってくれる……？」

「誕生日もクリスマスも、これまで翔馬兄からプレゼントなんてもらったことはない。何か企んでいるんじゃなかろうか……と空恐ろしい気持ちで見つめていると、翔馬兄はつまらなそうに手を振って、部屋のドアに向かった。

「ほら、早く着替えろ。店が閉まっちまう」

「お兄ちゃん……」

　生まれて初めて翔馬兄の背中が大きく見えて、じーんと感動していると、

「あ、お年玉もらったら、全額返してもらうからな」

　翔馬兄は真顔で振り向き、そうつぶやいて部屋を出ていった。

「兄ちゃんそれ……買ってやるとは言わない……」

　持っていた服が手から滑り落ちて、床に散らばった。

　とはいえ、翔馬兄が私よりもずっと優れたセンスを持っていることは明らかだった。

危なっかしい運転の車で連れていかれた先は、数駅離れたショッピングモールだ。買い物客の女の子たちから視線を浴びても臆することなく、翔馬兄は鼻を高くしながらかわいい雰囲気の洋服店に突入した。

ああでもないこうでもないと、次々に私に服をあてがい、最終的には店員さんと仲良くなって非売品の販促品まで手に入れる始末だ。

おそるべきコミュニケーション能力……。

無料で手に入れたリボンのついたかわいいヘアピンを握りしめながら、私は背中を押されるようにして試着室に押し込められた。

今まで着たことのないフワフワ素材のニットと、今まで見向きもしなかった女の子っぽいふんわりしたスカート。

絶対に似合わないと思ったのに、着てみると、意外にも全身がパッと明るくなったような気がした。

眉を整えられている上に伊達メガネをしていないせいか、やぼったさがなくなり、かわいいとまではいかなくても普通くらいには見える。

「おう、いいじゃねーか」

「妹さん、よくお似合いです」

翔馬兄と店員さんに褒められ、まんざらでもない気持ちになったものの、靴と服と化粧品を買った合計金額を目にして、頭が真っ白になった。

「お、おこづかい半年分……」

助手席でレシートを広げてわなわな震えている私をよそに、翔馬兄はエンジンをかけて車を発進させる。

免許取りたての翔馬兄の運転は正直、乗っていて命の危険を感じるくらい怖いのだけれど、レシートに並んだ数字が衝撃的すぎて私は放心状態だった。

「お前もバイトすりゃいいじゃねーか。女子高生なんて金を使いたい盛りなんじゃねえの?」

「だって今まで、お金なんか使わなかったし……」

「ホント、お前って人生損してるよなー」

「……」

翔馬兄にだけは言われたくないけれど、今すぐ金を返せと言われても困るので黙っておいた。

ショッピングモールの立体駐車場を出ると、外はもう真っ暗だった。

空腹を覚えて空っぽのお腹を押さえたら、ふと高槻くんの家のダイニングテーブルを思い出した。

彼が作ってくれたチャーハンは、シンプルだったけれど、すごくおいしかった。

優しい味と、高槻くんの照れた顔を思い出していると、

「よし、明日は思いっきりかわいくして出かけろよ。罰ゲーム野郎なんざメロメロにしてやれ」

赤信号で止まった翔馬兄が、後部座席の荷物を見てニヤリと笑った。

「そんで自分に惚れさせてから容赦なくぶった切る。これぞ最高の仕返し！」

はっはっは、と悪の親玉みたいな笑い方をする翔馬兄に、ため息がこぼれる。

「ぶった切るって……何」

「こっちから振ってやるって意味に決まってんだろ」

ハンドルを操作しながら、翔馬兄はフロントガラスの向こうに目を据えた。

「地味なブスだと思ってたヤツがすげえかわいくなって、しかもそいつにこっぴどく振られたら、男のプライドなんてズタズタだよ」

夕日に照らされた高槻くんの顔が、ふっと頭をよぎる。

まっすぐに視線を送ってきた彼の、真っ黒な瞳。

「でも、私……」

「奈央。お前は変われる」

不意に真面目な声を出して、翔馬兄は言った。

「もともと活発なタイプだっただろ。あの頃を思い出して笑えばいい」

対向車のライトに浮かび上がった翔馬兄の顔は、真剣だった。

明るすぎる茶色の髪が不自然に見えるほど、翔馬兄の表情は今まで見たことがないくらい引きしまっている。

黒い瞳に信号の青を光らせながら、はっきりと言う。

「お前を救えるのは、お前だけだ」

「え……」

「誰かひとりでも、自分を好きになったヤツがいるんだって思えれば、他人なんか怖くねえ」

大学に入って見た目をがらりと変えて、自ら変身をした翔馬兄の言葉はやけに説得力があって、私はライトに照らされた横顔に見入ってしまった。

「他人に好かれるってすげーことだよなぁ。それだけで、認められた気分になる」

そう言う翔馬兄が、さっきのショップの店員さんから密かに電話番号が書かれたメモを受け取っていたことを、私は知っている。

女の子たちに騒がれるようになって、たくさんの好きをもらって、翔馬兄は軽い性格になったけれど、同時に明るくもなった。

「お前がお前をあきらめたら、誰もお前を救えない」

プアン、とどこかでクラクションが響いている。

頭の中を揺らされたような気分だった。

後部座席に無造作に積まれた、おこづかい半年分の買い物袋を見つめて、私はシートに深く沈み込んだ。

体に巻きついたシートベルトを引っ張ると、固く突っ張って、それ以上は緩めることができなかった。

そして翌日。

午前中から出かける私にメイクを施したのは、驚いたことに翔馬兄だった。

「俺の手先の器用さを舐めんなよ」と、スマホの動画を見ながら見よう見真似で私の顔を作っていく。

用意がいいんだか気色悪いんだか、翔馬兄は学園祭のときにキリカさんのメイク手順をスマホでムービー撮影していたらしい。

そして実際に、翔馬兄はのみ込みが早い上に手先が器用だった。

今は見るからに頭が軽そうだけど、中学のときに優等生だったというのは伊達じゃない。

「どうだ、この出来ばえは！」

洗面所の鏡を覗いて、私は人生二度目のくすぐったいような甘い気持ちを覚えた。

そこに映っていた私は、たしかにあのときの奈央。

「さあ、これで心おきなく罰ゲーム野郎を落としてこい！」

バン、と強く背中を叩かれてむせてしまう。

「お、落とすって？」

「恋い焦がれさせてやれって意味だよ」

ドラマの悪役がするような放送禁止ギリギリの笑みを浮かべて、翔馬兄は私を玄関まで見送った。

あれってもしかして、楽しんでいるだけなんじゃ……。

そんな疑念をいだきながらも、私は待ち合わせの駅へと急いだ。


私の姿を見て高槻くんは一瞬驚いたように瞬《まばた》きをし、それから目元を優しく崩した。

たぶん、ほかの人から見れば小さな変化でしかないんだろうけれど、私には微笑みに見えてキュッと胸がきしむ。

初めて見る高槻くんの私服は、白い薄手ニットと黒のカーゴパンツで、落ちついた雰囲気が彼によく似合っていた。

というか、カッコよすぎて直視できない。

「ど、どこに行く？」

足元を見つめながら言うと、すぐに低い声が耳に入る。

「行きたいとこあるんだけど、いい？」

「いいけど、どこに？」

伸びてきた手が指先に絡んで、私はハッと顔を上げた。

大きな手から熱が伝わる。

私がその表情を確かめる前に、高槻くんは歩き出した。

冷えた空気の海を、はぐれないようにふたりで渡るみたいに、しっかりとつながれた手。

歩きながらでも、自分の胸の鼓動をはっきり感じることができた。

私、高槻くんと手をつないでいる。

腕を掴まれたり、手を引っ張られたことはあっても、こんなふうに手のひらでしっかり彼のぬくもりを感じたことはない。

緊張して、自分の歩き方がヘンになっているんじゃないかと心配になった。

ほんの少し前を歩く高槻くんの表情はわからない。

でも、耳がいつもより少し赤くなっているように見えるのは、私の気のせい？

どうして急に、手なんてつなぐの？

心臓を落ちつけるように、私は空いたほうの手で胸を押さえた。

なんでだろう。

うれしいのに、苦しい。

すっかり秋めいた風と太陽の暖かな日差しに包まれて、高槻くんの手はどこまでも優しい。

歩いている間、ふたりとも何も話さなかった。

真っ青に続く高い空。

秋の気配と手のひらのぬくもりを感じながらしばらく歩くと、高槻くんは足を止めた。

「ここ」

そこは学校の体育館にも似た市民ホールで、私は連れられるまま入り口のドアをくぐった。

「高槻くん、ここって」

「今日、遼の発表会なんだ」

腕時計に目を落とし、「そろそろだ」とつぶやいて高槻くんは階段を上りはじめる。

「遼くんの発表会って、なんの――」

高槻くんはもったいぶるような笑みで応え、会場の重い扉を開いた。

映画館のようにイスが段々に並んでいるその正面に、ライトに照らされたステージが見える。

客席にいるのはほとんどが家族連れで、子どもたちはドレスを着ていたり、蝶ネクタイをつけていたり、みんなとてもオシャレをしている。

圧倒されながらステージを見ると、そこにはひときわ目立つグランドピアノが一台、置かれていた。

「ピアノの……発表会？」

高槻くんがうなずくのと、会場にアナウンスが入るのが同時だった。

「高槻遼くん。小学校二年生です」

舞台そでからかわいらしいスーツに身を包んだ遼くんが現れると、会場に拍手が起こった。

その間にうしろのほうの空いている席に移動し、高槻くんと並んで座る。

「遼くん、ピアノやってたんだ」

ステージ上の小さな体は、真っ黒く輝くグランドピアノに今にも飲み込まれてしまいそうだ。

拍手がやんで静まり返る会場に、ポロンと、かわいい音色が響きはじめる。

前のほうでフラッシュがたかれて目を向けると、ステージと一列目の座席の間にある狭いスペースに、真剣な表情の遼くんをカメラに収める男の人の姿が見えた。

その人を指で示し、高槻くんがイスにもたれたまま言う。

「あれ、うちの親父」

カメラを構えた男性はメガネをかけていて顔まではよくわからなかったけれど、そう聞かなくても高槻くんと遼くんのお父さんであることはすぐにわかった。

「ちなみに母親は隣でムービー撮ってる」

たしかに、メガネの男性の隣には中腰でビデオカメラを掲げている女性の背中が見えた。

ため息交じりに「親バカだな」と続けた高槻くんがなんだかおかしくて、つい笑ってしまう。

ピアノのことはよくわからないけれど、遼くんは小学二年生とは思えないほど堂々と鍵盤を叩いていて、一度も引っかかることなく最後まで弾き終えた。

演奏が終わると、会場に再び拍手が沸き起こる。

ステージ上でぺこりとお辞儀をして遼くんが舞台そでに消えたのを確認すると、高槻くんは立ち上がった。

「出ようか」

「え、遼くんとかお母さんたちに声かけなくていいの？」

「あの両親の息子だと、まわりに思われたくないから」

さらりと吐いたセリフにはトゲがあるのに、なぜか深い愛情のようなものを感じてしまった。

仲がいいからこそ言える言葉、という感じがする。

外に出ると、少し肌寒くて気持ちが凛《りん》とする。

真上から注ぐ太陽を見上げて、高槻くんは私を振り返った。

「もう一か所、付き合ってもらいたいとこがあるんだけど、いい？」

「うん、いいよ。どこ行くの？」

「……その前に、腹、減らね？」

高槻くんが眉を下げて、ほんの少し困ったようにお腹を押さえるから、私もつられてお腹を押さえた。

そのとたんに私のお腹からキュルキュルと小さな音が響いて、彼の目が驚いたように丸まる。

まるで返事をするようなタイミングのよさ。

「ぶはっ」とこらえきれずに笑い出す彼に、私は恥ずかしさのあまり、うつむいてしまった。

次の瞬間、伸びてきた大きな手が私の手をとらえて、

「メシ、行こ」

さらに優しい表情に見下ろされ、一気に鼓動が加速する。

乾いた空気の中で、触れ合う手のひらはしっとりと温かい。

恥ずかしいのにうれしくて、どうしていいのかわからなかった。

ただ、自分の顔が真っ赤に燃えているのはわかる。

高槻くんと目を合わせられず、私は彼に手を引かれるまま、晴れた青空の下を歩き出した。


駅前のハンバーガーショップで腹ごしらえをしてから、高槻くんの〝行きたいところ〟に向かうために電車に乗った。

人がまばらな車内で横並びに座り窓の外の景色を眺めていると、隣から低い声が落ちる。

「なんかごめん。弟の発表会まで付き合わせて」

「え、そんな。普通に楽しんじゃった」

とっさに言うと、高槻くんはかすかに頬を緩めた。

ガタンゴトンという電車の振動に合わせて、心臓が脈打っている。

肩が触れそうな距離は、私を落ちつかない気分にさせて、口数を奪う。

「遼に、絶対に見に来てくれって言われてたからさ」

「そんな大切な日に、出かける約束なんかしちゃってよかったの……？」

座席から伸びた長い足が私の膝に触れそうでドキドキしながら言うと、隣から「ふっ」と静かに笑ったような音が聞こえた。

「奈央ちゃんも連れてきてって、うるさいくらい言われてたから」

思わず隣を見上げると、高槻くんとまともに目が合ってしまった。

真っ黒に澄んだ瞳は優しげで、私の全身はボッと熱を帯びた。

コンロで熱せられるフライパンみたいにジリジリと、頬も心も、熱くなっていく。

どうして？

もどかしい気持ちが込み上げて、逃げ出したい衝動を必死で抑えた。

高槻くんは何を考えているの？

どうして、そんなふうに笑うの？

罰ゲームというキーワードを思い出して、傾きそうになる自分の心を懸命に押しとどめる。

高槻くんが私に構うのは、彼らのグループで賭けをして負けたからだ。

手をつないできたり優しく笑ってくれたりするのは、私が今日ちゃんとオシャレをして、かわいくしているからだ。

そう思っても、頭の片隅では違う声が聞こえる。

本当にそう?

高槻くんは、私が地味ブスの姿をしているときに態度を変えたりした?

彼の家に行った日、帰り道で過去の悲しい話を聞かせてくれなかった?

頭の中でふたつの考えがぶつかり合う。

高槻くんを信じてはいけないという気持ちと、信じたいという気持ちが、胸をぎゅうぎゅう締めつける。

心を鎮めるために窓の外の景色に目を向けると、柔らかな日差しに照らされて、緑と紅葉した葉と、いろいろな形をした屋根が青空の中を流れていった。


一時間近く電車に揺られていたかもしれない。

高槻くんは降り立った駅から続く小さな商店街を抜けると、ひたすらまっすぐ歩きはじめた。

小さな町のようで、十分も歩くと周囲に建物らしき建物が見えなくなる。

あるのはアスファルトの道と雑木林、電柱と外灯くらいで、近くを大きな道路が走っているのか、車の音だけが聞こえてくる。

「あの、行きたいとこって……?」

一段と日が短くなって、午後の三時すぎでも太陽はすでに傾きはじめていた。

「もう少し、先だから」

私の前を行く背中は、両脇をフェンスで囲まれた森の間の一本道のような通りを振り返ることなく歩き続ける。

いったいどこに行くつもりなんだろう。

樹海の奥深くに潜っているような気分になる。

いくら一本道だとしても、このまま日が落ちてしまったら帰れなくなるんじゃないのかな。

そんな不安がよぎったとき、両側に続いていたフェンスと森林が急に開けた。

歩いてきた一本道の突き当りは遊具のない小さな公園のようになっていて、ベンチが二基と自動販売機が一台設置されていた。

公園を囲むように鉄柵が張り巡らされ、その向こうに背の高い草が生い茂っていて中に何があるのかは見えない。

ただ、広大なスペースが見渡す限り広がっていることだけはわかった。

「ここ」

高槻くんが背の高い柵に右手を伸ばし、向こう側を眺めながらつぶやく。

「ここって、なんの場所？」

「……しばらくしたらわかるよ」

高槻くんは自動販売機でホットのカフェラテを買うと、私に手渡してくれた。

「あ、ありがとう。待って、今、お金」

「いいよ、今日付き合ってくれたし」

「え……あ、ありがとう」

促されるまま、私は高槻くんとベンチに座った。

不思議な場所だった。

本当に何もない。

歩いてきた細い一本道と、その両側の林と……どう考えても越せそうにない背の高い鉄柵と、草に覆われたただだっ広い土地。

「寒くない？」

尋ねられて、私は慌ててうなずく。

「うん、平気」

駅から歩いてきたばかりだから、体はぽかぽかと温かいし、手の中のカフェラテも私の体温を高めてくれる。

日が暮れると空気も冷えてくるのかもしれないけれど、隣に高槻くんが座っているだけで、寒さを感じない気がした。

「ここ、俺が一番好きな場所なんだ」

高槻くんは遠くの木々を眺めながらポツリと言う。

風に揺れる木々のざわめきだけが漂うこの場所の、何をそんなに気に入っているのか、正直に言って私にはまだわからなかった。

季節の訪れや自然が好きだとしても、この場所には鉄柵や自動販売機があって、自然と一体になれるほど心安らげるとは思えない。

「高槻く……」

言いかけたとき、

「来た」

彼が短くつぶやいた。

「え、何が」

その瞬間、遠くから何か音が聞こえることに気づく。

ゴオッと嵐が近づいてくるような音――。

「なっ」

声がかき消されるほどの大音量があたりを包んだと思ったら、鉄柵の向こうから巨大な鉄の塊が現れた。

「――っ」

思わず声を失う。

耳を圧迫するようなエンジン音。

頭上をかすめるようにして飛び立っていくのは、鉄の翼を持つ巨大な鋼鉄の鳥。

「わあああ！」

機体に取りつけられたライトの明滅《めいめつ》も、普段はめったに見られない腹部分に描かれた模様も、はっきりと見ることができる。

私たちの頭上を越えて、何十メートルもある巨大な飛行機は、あっという間に遠ざかっていく。

あたりに反響していた轟音《ごうおん》も、機体の大きさに比例して小さくなっていった。

思わず立ち上がったまま、あっけにとられていると、高槻くんの低い声が耳に入る。

「すぐそこに、空港の滑走路があるんだ」

「すごい……！　すっごい！」

鳥肌が立ったことを伝えると、高槻くんはうれしそうに笑った。

「ここに来るとさ、いろいろ悩んでることがあっても、一瞬で吹っ飛ぶ気がする」

「うん……うんっ！」

空を飛ぶ大きな機体が巨大な力になってすべてを押し流していくような感覚は、私にもわかるような気がした。

一見何もない場所に突然現れる、巨大な技術の結晶。

ここが、高槻くんの一番好きな場所――。

「すごいよなぁ、人間て。あれに乗って、どこにでも行けるんだから」

缶コーヒーに口をつけながら、高槻くんは暮れはじめた西の空を見やった。

さっきの飛行機は、もう米粒ほどの大きさにしか見えない。

「俺、いろいろな場所に行くのが夢なんだ」

なんの障害物もないまま、空は彼方まで広がっている。

海も大陸も関係なく、何にも阻まれることなく、空は世界を均一に覆っている。

宇宙にだってつながっている。

「世の中にはさ、見たことがないもの、知らないことがまだまだたくさんある」

そう言って私に目を戻すと、高槻くんはほんの少し照れくさそうに笑った。

「すごい……なぁ」

高槻くんの言葉に、ため息が漏れてしまう。

私は、自分自身を覆う〝殻〟からすら、出ることができないというのに……。

しばらくすると、また轟音が地面を振動させて、巨大な鉄の鳥が飛び立っていった。

ふたりでベンチに座って、飽きることなくそれを眺めながら、私は静かに隣の、触れそうで触れない体温を感じていた。

落ちていく太陽に見つめられながら、うれしくて、ほんの少し寂しい気持ちになる。

整った横顔をさりげなく見つめながら、強く思う。

——この人が、罰ゲームなんかじゃなく本当に、私のことを……好きでいてくれたらよかったのに。

オレンジ色の光に照らされ深く陰影を刻む整った顔を見ていると、どういうわけか泣きたくなった。

幾度となく飛行機を見送ってすっかり陽が沈んでしまうと、高槻くんはゆっくりと立ち上がった。

「帰ろうか」

暗くなった空を、鋼鉄の鳥はいくつもの光を体にまとって渡っていく。

その眺めはやっぱり壮観《そうかん》で、私はできることならずっとこの場所にいたいと思ってしまった。

高槻くんとふたりで。

来た道と同じ一本道は外灯に照らされていてもやっぱり暗くて、高槻くんは私の手をしっかり握ってくれた。

人がほとんどいない駅のホームでベンチに座り、帰りの電車を待つ。

ひんやりとしていた空気が少しずつ冷気を帯びていき、足元が冷えはじめる。

隣に座っていた高槻くんが、反対方面の『電車が来ます』と書かれた電光掲示板を見やりながら、思い詰めたように言った。

「じつは……小塚に、黙ってたことがあって……」

かんかんかんと、どこからか踏切の音が聞こえてくる。

照明に照らされた駅のホームから見ると、線路の向こうは真っ暗な闇だった。

周囲を草木に覆われているせいか、明かりひとつ見当たらない。

ときどき、飛行機の小さな光が空を斜めにのぼっていくのが見えた。

「じつは、俺……」

どことなく言いづらそうな高槻くんの低い声は、何か覚悟のようなものを感じさせる響きがあった。

そんな口調に、私も覚悟を決める。

「罰ゲームの、こと？」

「え……」

そのとき、反対方面の電車がホームに滑り込んできて、ふたりの会話は途切れた。

風にあおられて、髪がさらわれる。

電車が停車すると小さな町なのに意外と利用客は多いらしく、あちこちのドアから人が降り立った。

「罰ゲームって……」

高槻くんが会話を続けようとした、そのときだった。

「あっれーレオじゃん！　こんなとこで何してんの？」

聞き覚えのある声が、背中を叩く。

条件反射のように体がこわばり、私は正面を向いたまま固まった。

「セイ……なんで、ここに」

振り向いた高槻くんの声が、硬い。

「なんでって、ここ、俺のバアちゃんちがあるんだよ。つか、レオこそなんで――」

ベンチのうしろから正面にまわってきた星野彗と、目が合ってしまう。

「ああ！　奈央ちゃん！」

ホームいっぱいに響きそうな声で叫び、星野彗は慌てた様子でベンチに座る私の真正面に立ちふさがった。

校内一のアイドル男子が目の前に現れたのに、恐怖に近い感情が込み上げる。

鏡なんて見ていなかったからすっかり忘れていたけれど、私は今、変身している最中なのだ。

「なんだよレオ！　やっぱり奈央ちゃんと知り合いだったんじゃねえかよ！」

隣の高槻くんに噛みつくように言ってから、星野彗はなんのためらいもなく私の両手を取った。

冷えた手の感触に、ますます体が硬直する。

「会いたかった……。ずっとキミを捜してたんだ」

「おい、セイ」

高槻くんが横から腕を伸ばし、星野彗の手を掴もうとする。

それをよけるように、星野彗は私を引っ張って強引に立たせた。

背後で停車していた電車が、音を立てて走り出していく。

ガタンゴトンと鼓膜を震わせる音がホームから去ったとき、キンと耳に響く声で星野彗が信じられない言葉を吐いた。

「奈央ちゃん、俺と付き合って」

「……え？」

「セイ！」

耳を疑っている私のかたわらで、高槻くんが慌てたようにベンチから立ち上がった。

「何を言ってんだよ、お前……っ」

「なんだよレオ、邪魔すんな！」

高槻くんの手を振り払い、星野彗はまっすぐに視線をよこす。

それは、今までに見たことのない真剣な表情で、私は息をのんだ。

「学祭の日以来、奈央ちゃんのことが頭から離れないんだよ。俺、女の子と付き合うのは慣れてるはずなのに、こんなこと初めてで……」

両手をしっかり握られたまま、目をそらすことができなかった。

アイドル顔負けのきれいな顔を苦しそうに歪めて、星野彗が地味ブスだとののしっていた私自身に想いを告げる。

「俺、奈央ちゃんのことが、すごく好きみたいなんだ」

衝撃とともに、背筋を何かが駆け抜けた。

恐怖とも快感ともつかない、奇妙な感情が。

何も恐れることのない校内一のアイドル男子に、こんな苦しそうな顔をさせているのが、この私だというの……?

罰ゲームでもなんでもなく、本心から、星野彗は私を好きだと言っている。

——他人に好かれるってすげーことだよなぁ。それだけで、認められた気分になる。

翔馬兄に言われた言葉が、フラッシュバックのようによみがえったそのとき、星野彗に掴まれていた手を、強引にはがされた。

私を庇《かば》うように立った高槻くんが、感情を押し殺した低い声を出す。

「セイ、悪いけど、奈央は俺と付き合ってる」

「はあ? なんだよそれ! ふざけんなよ! レオ、奈央ちゃんのこと知らねえっつってたじゃねえか！」

黒髪の背の高い、大きな背中に釘づけになる。

呼び捨てで名前を呼ばれたことにも驚いたけど、それ以上の衝撃を受けて体が動かなかった。

何かとろりとした甘い感覚が、胸に広がっていく気がする。

真っ黒で、甘い、毒入りのハチミツみたいな——。

——見返してやれよ。

翔馬兄の声が、頭の中でグルグルまわっている。

駅のホームで、今にもつかみ合いそうな雰囲気を漂わせているふたりの男子。

罰ゲームを発案した星野彗と、それを実行した高槻礼央……。

私は、学校で目立たずに生きていこうと決めていた。

誰かに期待して、傷つくのはもう嫌だから。

だけど、私だっていろいろな世界を知りたい。

殻から、出たい……！

——お前を救えるのは、お前だけだ——。

置き所がなく震えていた心臓が、カチッと、何かにはまったような気がした。

「——いいよ」

口から、勝手に言葉がこぼれる。

「私、星野くんと付き合う」

高槻くんの広い背中が、驚いたように振り向いた。

形のいい唇が、わずかに震える。

「な……何を言って……」

「ほんと⁉　奈央ちゃん俺と付き合ってくれんの⁉」

高槻くんの体を押しのけるようにして、星野彗は私の顔を覗き込んだ。

それから、ハッとしたように眉を下げる。

「けど、今、レオと付き合ってるって……」

「別れる」

はっきり言うと、星野彗の顔がぱあっと輝いた。

「え、いいの⁉」

キンと声を響かせる金髪アイドルの横で、高槻くんが信じられないというように目を見開いた。

「小塚っ」

「――いいの」

自分の声が、どこか遠くから響いているような気がする。

高槻くんの顔が歪んでいくのを、私の目は他人事のようにスローモーションでとらえている。

「どうせ、罰ゲームで付き合ってただけだから」

それは始まりの言葉。高槻くんに仕返しをして、私が私を救うための。

だからわざと、私のほうが別の賭けで負けて仕方なく高槻くんと一緒にいたとも取れる言い方をした。罰ゲームで付き合うフリをして最後に捨てられたのは高槻くんのほうだというように。

あの日、告白された直後に罰ゲームだと思い知らされた私の苦しみや悲しみを、そのまま高槻くんにぶつけるために。

黒い炎が胸を焼く。

でも麻痺したみたいに痛みは感じない。

口を開けたまま何も言えずに、高槻くんは私を見下ろしている。

上りの電車が滑り込んできて、ホームに強い風が吹きつけた。

微動だにしない高槻くんに背を向けて、私は星野彗に声をかけた。

「それじゃあ、帰るね」

「えっ、連絡先を教えてよ」

慌てた様子の彼に、私は首を振った。

「ごめんなさい、私、スマホ持ってなくて」

「ええ、それじゃ、また会えなくなるってこと？」

「大丈夫。明日は絶対……二組にいるから」

ひそかに決意をして、私は星野彗に笑いかけた。

高槻くんは、放心したまま、電車に乗るのも忘れて立ち尽くしている。

ベンチの前にたたずむ姿を見て、胸の底に、甘い甘い毒の蜜が溜まっていくのがわかった。

真っ黒な喜びが私の頬を勝手に持ち上げて、笑顔を作らせる。

「じゃあね、星野くん」

——さようなら……高槻くん。

耳の奥でもろいガラスが砕けた音がして、何かが壊れていくような気がした。

三章
はなさない

金髪、黒髪

ヘアブラシで髪をとかしたあと、いつものクセで三つ編み用に左右均等に分けていた髪を、慌てて戻す。

冬服のブレザーに、学年指定のチェックのリボン。

スカートの丈は翔馬兄が勝手に詰めてしまったから、膝が丸出し。

買ったばかりのメイク道具を洗面所に広げて、キリカさんや翔馬兄の手つきを思い出しながら顔を作っていく。

器用な彼らと違って手先が思うように動かない私は、なかなかうまく道具を使えなくて、ビューラーでまつ毛を持ち上げるだけでずいぶん時間がかかってしまった。

ようやく変身後の姿に近い奈央になったところで、二階から下りてきた翔馬兄が洗面所のドアを開けた。

鏡越しに視線が合うと、翔馬兄は目を丸める。

「お!?　どうしたんだよ、自分から進んで化粧とか」

「……死なばもろとも、と思って」

「はぁ？」

眉間にシワを寄せる翔馬兄から視線を外し、私は透明マスカラを持つ手に意識を集中させる。

ずっと。

ずっと前から。

私は傷つくことを恐れて、目立たないよう過ごしてきた。

教室の隅で、影のように息をしていた。

そういうふうに生きていたのに、罰ゲームで告白されて心を踏みにじられて……。

結局は傷ついたのだ。

目立っても目立たなくても、どっちにしろ傷つくのなら、罰ゲームなんてやってきたくだらない連中を巻き込んで、自爆してやればいい。

そんなようなことを言うと、翔馬兄は気味悪そうに口を〝へ〟の字の形に崩した。

「え、何それ、自爆テロ的な？」

私の心の流れをいまいちのみ込めていない様子の翔馬兄は、それでも『復讐』に前向きになった妹を応援してくれるらしい。

「あ、アイライナーはもっとまつ毛の際に入れるんだよ」

私の覚束ない手つきを見かねて、キリカさんから盗んだメイクのポイントを伝授してくれる。

起き抜けでぼうっとしていた冴えない私が、明るくハツラツとした少女に変わっていく。

いまだに信じられなくて、鏡の中の自分につい見とれてしまった。

自分の貧相な顔が映るのが嫌で鏡なんて大嫌いだったのに、今洗面所の鏡が映し出しているのは、初めてこの世界に降り立ったかのように驚きに目を見開いている華やかな女の子だ。

こんな格好で教室に行ったら、まわりはどんな反応をするかな。

想像すると、やっぱり怖い。

でも、もともと私はひとりだった。

失って困るようなものも、友達も、何もない。

そう自分を励ましながら朝食を食べ、身支度を整えてリビングを出ようとしたときだった。

朝の情報番組とお母さんの食器を洗う音がしていた室内に、ピンポーンとチャイムの音が響き渡る。

手を離せないお母さんの代わりにモニターを覗いて、私は息を止めた。

門の前に立つ高槻くんの顔色は悪かった。

目を合わせるのも気まずくて、私は彼の横をすり抜けて駅へと歩き出す。

すると、彼はすぐかたわらを追いすがるようについてきた。

「小塚、あのさ」

「もういいよ」

高槻くんの声を聞くと、胸が痛い。

私は両耳をふさぎたい衝動をこらえながら立ち止まった。

道路の真ん中で、高槻くんも足を止める。

「私、知ってたの。罰ゲームだったこと」

「小塚、それは……」

「ずっと好きだった、なんて……ひどい嘘」

高槻くんと初めて顔を合わせたのは、罰ゲームで告白される一週間前、ペンケースを拾ってくれたときだ。

ずっと好きだった、なんて、よく考えたらおかしい。

高槻くんの目を見られないまま、私は地面に向かって話し続けた。

感情を抑えたつもりだったのに、声が震えてしまう。

「もう、十分でしょ?」

顔を上げると、ひどく苦しげな表情の高槻くんが目に入った。

「もう、私には関わらないで」

「違う、小塚。俺は本当に――」

「私は殻から出るの」

力を込めて言うと、彼は「え？」と驚いたように言葉を切った。

息をひそめて生活していた学校で私の唯一の楽しみは、高槻くんを目で追うことだった。

でも、そんなふうにうしろ向きな楽しみなんて、もういらない。

彼のきれいに澄んだ瞳が歪んで、私は胸を引き裂かれたみたいな痛みに耐えきれず、

「もう……高槻くんのことは、見ない」

通りを駆け出した。

無我夢中で走り駅についてから振り返ったけれど、高槻くんの姿はどこにも見当たらなかった。


なるべく目立たないように教室のドアを開けたのに、足を踏み入れたとたん、多くの視線を浴びた。

そしてそれは、私が席についた瞬間に、ざわめきへと変化した。

「誰、あの子」

「なんであそこの席に座ってんの」

「ていうか、あの席って誰がいたっけ」

そんな声を聞きながら、心を落ちつけようと努力していると、隣の席でいつものように参考書を広げていた朝子がこちらを向いた。

目が合って、私は緊張する。

「お、おはよう朝子」

ぎこちなく笑ってみせると、彼女はぶっきらぼうに言い放った。

「おはよう、奈央」

いつもと変わらない本人に悪気のない、つんとした表情。

クラスメイトには誰だかわかってもらえていないのに、朝子にはきちんと私が小塚奈央に見えるらしい。

彼女はいったい何をもって他人を区別しているのだろう、と不思議に思いながら、私はなんとなく安心して席についた。

周囲からの視線に嫌な汗が浮かぶものの、たとえ朝子だけでも私をわかってくれている人がいるからか、かろうじてイスに座っていられる。

そんなふうに、どうにか教室の一角に馴染もうとしていると、教室のドアがぴしゃーん！　と派手な音を立てて開いた。

「奈央ちゃあああん！」

金色の髪が、二組の教室の中でひときわ輝く。

登校してそのままやってきたのか、薄っぺらいカバンを放り出すようにして、星野彗はいきなり私に抱きついてきた。

教室中に女子の悲鳴が上がる。

「ちょ、ちょっと星野くん、離して」

ただでさえ目立っていたのに、星野彗のおかげでクラスメイト全員の視線が注がれている。

「ほんとに……いたんだ」

涙声になっている星野彗を引きはがすと、教室のあちこちからまた悲鳴が上がった。

彼は、いつでもどこでも女の子にベタベタしているから、私に抱きついたところで「またか」と思われる程度だろうけど、アイドル男子の感極まった顔が新鮮なのかもしれない。

「セイ～どうしたのぉ！」

派手なグループの女子たちが近づいてきて、私の席は一気に華やいだ。

ただし、私に向けられる彼女たちの視線は、冷ややかだ。

『あんた誰よ』という心の声が突き刺さる。

変身前の小塚奈央は、よほど存在感が薄かったらしい。

誰も私のことがわからないなんて。

愉快な気分と寂しい気持ちがごっちゃになって、頬が引きつってしまう。

それからハッと我に返った。

星野彗を中心にできあがった輪は、いつもの二組の教室らしくない騒がしさを生んでいる。

振り返ると、朝子は我関せずという様子で参考書をめくっていた。

何も言わないけど……きっと、うるさいと思っているはず。

「奈央ちゃんほんとにもう、エンジェルすぎて俺のラブがはちきれそう」

涙ぐみながらわけのわからないことを言っている星野彗と、彼が発言するたびに黄色い声を上げる女子たちに視線を戻す。

この集団をまとめてこの場から離さないと、朝子に迷惑がかかる。

「あ、あの、星野くん。ＳＨＲがはじまるまで廊下で話さない？」

思いきって切り出すと、星野彗は大きな目をぱちくりさせた。

「廊下？　俺はいいけど、寒くない？」

「平気！」

教室から出たらより多くの視線を浴びそうだけれど、教室で滞留した空気の中にいるよりは、人の流れがある廊下のほうがかえって目立たないような気がした。

それに、朝子の邪魔をしたくない。

「奈央ちゃんのいるとこなら、俺はどこでもいいよ」

無邪気に笑って私に手を差し出す星野彗に、周囲の女の子たちが悲鳴を上げる。

アイドル男子の甘くて優しい仕草。

体に染みついているみたいに自然にそれをやってのけるからこそ、星野彗はナンバー一と呼ばれるのかもしれない。

「うるさくしてごめんね」

朝子に小さく声をかけて、私は星野彗の手に触れないまま廊下へ向かった。

始業前の廊下は人通りが多い。

少し肌寒さを感じながら何気なく通路の奥に目をやるけれど、一学年の廊下には背の高い黒髪の彼は見つからなかった。

ホッとして窓の外に視線を向けた瞬間、星野彗の腕が私の肩を包む。

「ちょ、ちょっと」

横から抱きつかれ強引に抜け出そうとすると、彼は頬を膨らませた。

「だって奈央ちゃん、こうやって捕まえてないと、どっか行っちゃいそうだから」

「な……」

「ねぇ、セイ……、その子は?」

教室からついてきた派手な女の子三人が、頬を引きつらせながら私を指さす。

「あ、私、二組の小塚奈央──」

大きな腕から抜けながらクラスメイトに自己紹介をしようとすると、

「俺の彼女」

星野彗が自慢げに言って、彼女たちはばっちりアイメイクが施された目を見開いた。

「彼女!? 何それ!」

「だってセイ、この間年上の女に疲れて『しばらく彼女とかいらないや』って言ってなかった?」

星野彗の彼女事情なんて気にも留めたことがなかったけれど、彼は最近どうやら年上の女性と別れたらしい。

「気が変わったんだよ。なんたって運命のエンジェルに会っちゃったからさぁ」

派手系女子三人組の顔が、引きつりを通り越して青ざめていく。

トゲどころか相手の生命を容赦なく奪うサバイバルナイフみたいな視線を受けて、私は今後の学校生活が終了したことを理解した。

まわりの友達が離れていって、ひとりきりになってしまうことが何よりも苦痛で、それならば、最初から自分ひとりでいればいいと思っていた。

そうすれば、失うものは何もない。

でも、考えが甘かったかも……。


星野彗は休み時間のたびに私の存在を確認するように教室を覗きに来て、そのたびに私は女子たちから鋭い視線を浴びた。

そんなことには気づかず、アイドル男子は昼食時間になると有無を言わさず私の腕を取った。

「中庭で一緒にメシ食わない？　仲間にも紹介したいし」

仲間、という言葉に心臓が反応する。

顔面偏差値トップ五の中には、彼がいる。

「ご、ごめん。ほかの人と一緒に食べるのは、まだ、その……恥ずかしいし」

目をそらして言うと、星野彗はいきなり抱きついてきた。

「奈央ちゃんかわいすぎなんだけど！　そうだよね、緊張するよね！　じゃあ、外階段で俺とふたりで食べよっか」

高槻くんと手をつないだときは気絶しそうなほど緊張したのに、校内一のアイドル男子に抱きつかれても、私の心はまったく反応しなかった。

足にかかったワナを外すような気持ちで、私は星野彗の腕から抜け出す。彼とふたりきりのお昼というのも、ものすごく気が引けるけれど、高槻くんと顔を合わせるよりはマシ。

そう思って、私は星野彗に連れられるまま中庭と校舎をつなぐ外階段の一番上までのぼった。

人通りがなく手すりに風が遮られ、でも日差しがぽかぽかと降り注ぐそこは、なかなか居心地のいい場所だった。

「いいでしょ、ココ。ひとりになりたいときとかよく来るんだ」

星野彗は私と並んで階段に座り、購買で買ったパンにかぶりつく。

私はお母さんが作ってくれたお弁当の包みを開いて、少し冷たい空気を吸い込んだ。

四階の高さから見渡せる景色に、木々の赤や黄色が目立つ。

肌寒くなるにつれて季節は鮮やかになり、そして色あせていく。

「でさー、教師がそんなこと言っていいのかよって言ってやったんだよ。そしたらさ……」

器用なんだかなんなんだか、星野彗はパンを頬張りながら、ひたすらしゃべり続けていた。

私が相槌を打たなくてもお構いなしで、今、自分が言いたいことをためらいなく声に乗せている。

本当に、マイペースだなぁ。

周囲のことをいっさい考えない、鈍感な言動。

だけど、それこそが星野彗の強さであり、魅力であるのかもしれなかった。

「ねえ、星野くん」

一向にやむ気配のないおしゃべりに口を挟むと、彼は「ん?」と笑顔で私を見た。

屈託のない視線に、私のほうが緊張してしまう。

「よく……仲間の人と賭けをして、罰ゲーム……やってるよね?」

「ああ、やってるやってる」

にこーっと無邪気な笑みを浮かべる彼を見ていると、胸にざらりとした感覚が走る。

「罰ゲームって、どういうふうに内容を決めてるの?」

高槻くんは、『セイがそういうの好きで、よく考えるから』と言っていた。

「……星野くんが、内容を決めてるんでしょ?」

唇が、小さく震えてしまう。

靴箱の裏で聞いた、キンと耳に響く声。

——あんなブスに告るなんて、ほんとすげーよ——

「学年で一番地味で暗い女子に、告白させたり……」

振り絞るように言った私の言葉に、星野彗は一瞬、不思議そうな顔をした。

それから、ふにゃっと笑う。

「賭けの内容はだいたい俺が決めるけど、罰ゲームはいつも、決まってないよ」

「え……？」

隣の整った顔を見つめると、星野彗はぴんと人差し指を立てた。

「何をやってもOKってこと。つまり、負けたヤツが自分で決めんの」

「自分で……決める？」

「そ。ただし、ひとつだけ条件があって」

伸ばした人差し指を、拳銃を構えるような格好で私に向け、心底楽しそうにきれいな顔面を崩す。

「そいつにとって、〝ありえないこと〟であること」

いまいち意味を掴めないでいる私に、彼は「たとえばぁ」と続ける。

「俺の場合、ジャムがすげー嫌いで、あんなもん人間の食うもんじゃねぇって常々思ってんだけど、この間賭けに負けたときは、昼メシにジャムパンを食ったわけ」

手に持っているメロンパンにジャムが詰まっているかのように、星野彗は苦々しい表情でそれを見つめる。

「もう吐くかと思ったよ。つまり、それが俺にとっては〝ありえないこと〟だったってこと」

「そう、なんだ……」

メロンパンから視線を外しながら、気持ちが沈んでいく。

その人にとって、〝ありえないこと〟を自分で決めて実行する。

それが、星野彗グループの罰ゲームの条件。

これ以上傷つきようがないと思っていたのに、胸の痛みが全身に広がっていく。

まるで、心がえぐられているみたい。

──高槻くんにとっては、私に告白することが、ありえないことだったんだ……。

「奈央ちゃん？」

星野彗に覗き込まれ、慌てて顔をそらす。

「どうしたの」

「な、なんでもないよ」

涙がこぼれそうになって、私はポケットからハンカチを取り出した。

その瞬間、目元をぬぐおうとした手を掴まれる。

「……泣いてるの？」

振り向くと、すぐそばに星野彗の顔があった。

少しの隙もない整った顔を悲しげに歪めて、彼は身を乗り出す。

よける暇もなかった。

形のいい唇が目に焼きついて、次の瞬間、濡れた生温かい感触が、頬をなぞる。

私の目からこぼれた涙を、真っ赤な舌が――。

「つんぎゃあぁ――!」

ぞわぞわと全身に鳥肌が立って、私は左手で自分の頬を押さえた。

「い、い、今、な、な、舐《な》め……」

「そんな、叫ばなくても」

うるさそうに片目をつぶった星野彗は、依然として私の右手を掴んでいる。

目の下に触れたべろりとした感触を思い出してゾッとしていると、体が傾いて、気がつけば押し倒されていた。

ブレザー越しの背中に、コンクリートの冷たい感触が伝わる。

「泣いている女の子は、こうすれば泣きやむよね」

「えっ」

私の顔の横に、星野彗が手をつく。

澄んだ空が、彼の体に遮られて見えなくなる。

押しのけようとしても、いつも簡単にすり抜けられるはずの細い体は、ビクともしなかった。

「無駄だって。俺、これでも男だよ」

苦笑され、廊下や教室ではあえて彼が力を緩めていたのだと、ようやく悟った。

「ちょ、星野く」

まるで化粧をしているみたいに、毛穴ひとつないきれいな顔が、ゆっくり近づいてくる。

長いまつ毛を見せつけるように目を閉じる。

ぞくっと背筋が震えた。

――キス、しようとしている⁉

「や――」

顔に吐息を感じて、きつく目をつぶったとき、

「うわっ」

星野彗の小さな叫びが、耳をかすめた。

え……？

おそるおそるまぶたを開くと、正面に空が開けている。

慌てて起き上がると、星野彗は階段を囲う手すりにもたれて「いってぇ」と後頭部をさすっていた。

かたわらには、長身の男子生徒の姿がある。

大きく上下する広い肩と、無造作にセットされたツヤのある黒い髪――。

「高槻く――」

「何すんだよレオ！」

声を張り上げて、星野彗は座ったまま彼を睨みつける。

どうやら高槻くんが私に覆いかぶさっていた星野彗を引きはがして、その拍子にアイドル男子は手すりに頭をぶつけたらしい。

「つかお前、なんでここに」

星野彗はハッとした顔をすると、慌てたように近づいてきて私の肩に手をかけた。

「奈央ちゃんのさっきの叫び声を聞いて、階段を駆け上がってきたんだろ？　どんだけ必死だよ！」

私は驚いて目を上げた。

全力疾走した直後みたいに息を喘《あえ》がせながら、高槻くんは苦しそうに星野彗を睨み返す。

「な、なんだよ」

高槻くんの目つきに微妙に体をこわばらせながら、それでも星野彗は私の肩を掴む手に力を込める。

「そんな目したって、奈央ちゃんは返さねぇからな！」

校内一のアイドルの叫びを聞いた瞬間、乱れていた気持ちが、すうっと収まった。

地味ブスな私への告白。

ありえないことが、罰ゲームの条件。

その内容は、自分で決める――。

「セイ、悪いけど、小塚とふたりで話が……」

「星野くん、行こ」

息を切らせてしゃべる彼の声を遮って、私は広げていたお弁当箱を手早く片づけた。

こちらを振り返る高槻くんと目を合わせないように立ち上がり、横を通り抜ける。

「小塚……」

どこか悲しげな呼びかけを無視して、私はコンクリートのステップを踏みしめた。

「あ、奈央ちゃん、待ってよ」

子犬のようについてくる星野彗と連れ立って、高槻くんのほうを一度も振り返らずに私は階段を下りた。

らせん状の四角い階段を四階ぶん駆け下りると、私はひと気のない階段裏へと向かった。

高槻くんが下りてくる気配がないことを確認し、うしろからついてくる星野彗に向き直る。

　びしりと指を突きつけると、アイドル男子は驚いたように目をまたたかせた。

「奈央ちゃんどうしたの、怖い顔して」

「星野くん、今度さっきみたいなことしてきたら、もう、あなたとは一生口を利かない」

「え、さっきみたいなことって？」

「だから、急に押し倒してきたり、無理やり……その」

　言いよどんでいると、長い人差し指が私の唇に触れた。

「――キス、ダメなの？」

　少し首をひねって寂しそうな表情を見せる彼に、心臓が跳ねた。

　何、その顔……。

　男子のくせに、そんな表情するなんて。

「絶対、ダメっ」

　強く言うと、星野彗はますます切なそうに眉を下げた。

「でもさっきのは、奈央ちゃんが泣いてたから慰《なぐさ》めようと思って……」

「そりゃあ……星野くんみたいな人に、あんなふうにされたら、喜ぶ子はいっぱいいるんだろうけど……」

私みたいに星野彗ファンじゃない上に、男慣れもしていない女子には、刺激が強すぎる。

もごもごと口にすると、

「わかったよ」

アイドル男子はため息をついた。

「なんでダメなのかよくわかんないけど、奈央ちゃんが口利いてくれないのは嫌だから、我慢する」

ニコニコと笑っている顔を見ていると、不思議と尖っていた気持ちが丸くなっていく。

星野彗は――。

人の心の動きに鈍感だし、話がほとんど通じないけれど、そんなに悪い人じゃ、ないのかもしれない……。

「けど、抱きつくくらいならいいんでしょ？」

「えっ」

不意をつかれて、私は彼の腕に閉じ込められた。

「ちょ、星野くん」

「だって奈央ちゃんにまったく触れられなくなっちゃったら、俺、エンジェルゲージがゼロになって死んじゃう」

またしても意味のわからないことを言っている。

薄い胸に両手を突っ張ると、星野彗の両腕はあっけなく緩んだ。

彼の腕から逃げ出して、私は息をつく。

私が自力で抜け出せるくらいの力加減を保ってくれるなら、まあ、大目に見てもいいかな。

そんなふうに答えさせてしまうくらい、星野彗の笑顔には、人の心を柔らかくする不思議な力があるみたいだった。


放課後。

しつこく遊びに誘ってくる星野彗をなんとか振りきって、私は電車に乗り込んだ。

その気はなくても、一応付き合っているということは、そのうちふたりで遊びに行ったりしないとまずいのかな。

最寄駅から家に向かって歩きながら、首を振る。

でも仕返しで一緒にいるだけなんだから、わざわざデートなんかする必要はないよね……。

そのとき自宅の前に人影を見つけて、私は足を止めた。

ギュッと唇を噛みしめる。

私に気がついた彼が、決心したようにこちらへ歩いてくる。

住宅街を突っきる狭い通りの真ん中、高槻くんは私の正面で立ち止まった。

「どうして……ここにいるの」

「……学校だとセイがいて、話せないから」

オレンジ色に膨れた太陽が、西の空に輝いている。

高槻くんの顔は、感情を失ったのか抑え込んでいるのか、わずかな変化すら見せない無表情だった。

「話すことなんて……ないよ」

彼の私への告白は、賭けに負けたことによる罰ゲームで、〝ありえないこと〟だった。


それが、すべてだ。

星野彗よりも背丈のある細長い体に、着崩した制服がよく似合って、ピアスホールのない耳もツヤのある黒髪も、涼しげな二重の目も、全部がカッコいい。

すべてが私の理想。

でも、高槻くんは、罰ゲームの相手として私を選んだ。

私は高槻くんにとって、ありえない相手でしかなかった。

無言のまま、彼の横を通りすぎようとしたとき、伸びてきた大きな手に腕を取られた。

「離して」

私は地面に目を向けたまま、彼の手から逃れるために腕をひねった。

それでも高槻くんの手は離れない。

「小塚、こっち向けよ」

「離して」

「いいから、俺のほうを――」

「高槻くんの顔なんて、見たくない！」

叫んでから、ハッとした。

いくらなんでも、今のはすごく感じが悪い。

それでも、高槻くんの顔を見るのは怖くて目を上げられない。

と――、

「何度も目が合った」

「え……？」

低く落ちた言葉に、つい振り返りそうになる。

いつも強くてまっすぐの声は、心なしか震えている。

「俺を、ずっと想ってくれてたって……」

高槻くんは信じられないことをつぶやいた。

「小塚の、隣の席の子が言ってた」

「……朝子が？」

思わず振り向いてしまった。

真っ黒な瞳とまともに目が合って、心拍数が上がる。

信じられなかった。

いい意味でも悪い意味でも他人に関心のない朝子が、私の気持ちを高槻くんに勝手に伝えるなんて。

「小塚は、俺のこと……」

掴まれたままの腕が熱い。

熱がウイルスみたいに全身に伝わって、体が燃え尽きてしまいそう。

高槻くんの、悲しそうな顔を見ると胸が痛い。

それでも。

——許せない。

「好きだった、高槻くんのこと」

土砂降りの雨に打たれた紙切れのように、もろく、柔らかく、私の心はちぎれていく。

一瞬、ホッとしたような表情を見せた彼が、私の言葉で凍りつく。

「でも、もう嫌いになった」

甘いハチミツみたいだった毒入りの言葉は、どういうわけか今はすごく苦くて、胸が焼け焦げてしまいそう。

「だからもう……私の前に、現れないで」

高槻くんの腕を今度こそ振りきって、全身を軋《きし》ませる痛みに耐えながら自宅に入ろうとしたとき、門の手前で身動きが取れなくなった。

持っていたカバンがアスファルトに落ちる。

ふわりと漂う香りと、背中から伝わるぬくもり。

「な……」

うしろから抱きしめられて、言葉を失った。

高槻くんの匂いが、私の全身を包む。

前にまわされた腕にギュッと体を固定されて、身をよじることもできない。

むしろ振り払う余裕もなく、私は硬直した。

何？

なんで——。

私の髪に、高槻くんが顔を埋めているのがわかる。
「離、して」
声を震わせると、彼は首を振った。
「嫌だ」
ひび割れた声は切羽詰まっていて、私の胸をギュッと締めつける。
なんで――？
頭の中がぐちゃぐちゃだ。
どうして、罰ゲームで声をかけただけの女子なのに。
どうして、嫌いとまで言われて。
どうして、そんなに必死になるの。
メイクでかわいくしていたって、私の中身は、しょせん地味ブスなのに。
それなのに、高槻くんは、どうして――。
「離して……」
つぶやいても、高槻くんはうめくように「嫌だ」と繰り返すだけ。
涙がにじんでくる。
真っ黒な毒が自分に襲いかかってきたみたいに、息ができない。
高槻くんが苦しんでいる。

傷つけているのは、私――。

そのときだった。

「はーい、ストーップ！」

聞き慣れた声が背後から響いて、高槻くんの体がこわばったのがわかった。

反対に、私の体からは力が抜ける。

声を聞いただけで、ホッとしている自分がいた。

「うちの妹から離れてくれるかな？　ストーカーくん」

翔馬兄の言葉に、高槻くんは慌てて私を解放する。

「違う、俺……僕は」

弁解しようとする高槻くんの肩にいきなり腕をまわし、翔馬兄は「あれぇ」とわざとらしい声を出した。

「どっかで見たことあると思ったら、もしかしてキミが罰ゲーム野郎くん？」

ニヤニヤと笑みを浮かべながら、翔馬兄はちらりと私を見る。

そして、再び高槻くんに視線を戻しながら言葉を続けた。

「どうしちゃったわけ？　もしかして、うちの妹が急に惜しくなっちゃった？」

「そういうんじゃ……」

「はいはい、話はそこの公園で聞こうか」

高槻くんの肩を掴んだまま、翔馬兄は強引に彼を連れていこうとする。

「ま、待ってください。俺は彼女と話が……」

「えー?」

翔馬兄の目が、うかがうように私をとらえる。

ふたり分の視線を受けて、私はぶんぶんと首を振った。

高槻くんと話すことなんか、ない。

「あはは、キミ、ずいぶんとうちの妹に嫌われちゃってんじゃん」

軽薄な笑い声があたりに響く。

私は頑なに高槻くんのほうを見なかった。

視界に入れないように、地面を見つめる。

「ま、あきらめろって。ほら行くぞ」

ずるずると翔馬兄に引きずられていく彼の姿を見送ることもできず、私はアスファルトに転がったカバンを拾い上げた。

そのとき、

「でも——」

強く張りのある声が鼓膜を震わせる。

これまでと違う芯のある響きに、思わず顔を上げてしまう。

翔馬兄に引きずられながら、高槻くんは無理やりこちらを振り返っていた。

真っ黒な目に、強い光を宿して叫ぶ。

「小塚が俺を嫌いでも――」

その声は凛として――。

「それでも俺は、キミをあきらめない！」

殻の中、殻の外

今まで一ミリも思ったことがなかったけれど、私は星野彗をちょっとだけ尊敬する。他人からの大量の視線は、簡単に慣れるものじゃない。年がら年中、注目を浴びて、それでも自分のスタイルを崩さない星野彗は、やっぱりすごい人なのかもしれない。

高槻くんもそうだけど、存在しているだけで人を惹きつけるような人は、目に見えない芯みたいなものを持っていて、星野彗の場合はきっと自分に対しての自信がその芯を太く強くしているのだと思った。

そうじゃなかったら、こんなにたくさんの視線を毎日のように浴びていて耐えられるはずがない。

男子生徒たちの視線に小さくなりながら、私は生徒玄関をくぐって靴箱のフタをひらいた。

上靴を取り出そうとして、あるものに目が留まる。

靴の上に、折りたたまれたルーズリーフが無造作に置いてあった。

取り出し開いてみると、真っ赤な文字が目に飛び込んでくる。

【地味ブスが調子に乗んな】

【星野彗にお前の正体バラしてやる】

赤いインクで書かれた二行の文字に、肩が落ちる。

はじまった、と思った。

変身をして星野彗にベタベタされて、ファンの子たちから冷たい視線を浴びたときから覚悟していたことだけど、いざとなると気持ちがふさいでいく。

失うものなんてない。

でも、ヘンな嫌がらせがはじまったら、私はひとりで耐えなきゃいけない。

こういう目にあわないように、地味で目立たないように生活していたのに、私が頑張ってオシャレをしても、〝殻〟は結局なくならない。

それは、私を明るい外の世界へは行かせてくれないのに、外部からの攻撃はそのままの威力で通過させて、私を傷つけようとする。

重い足取りのまま一年二組の教室に向かい、開きっぱなしの教室のドアをくぐろうとした瞬間だった。

「つか、小塚うぜぇー」

真ん中の席に集まった派手な女子たちから、見えないナイフで切りつけられ、慌ててドアの陰に隠れる。
「急に色気づいちゃってバカじゃね」
「そうそう、無理してんのバレバレだし」
朝のささいな雑談というふうに、キャハハと明るい笑い声が響いてくる。
話しているのは一部の女子だけなのに、教室全体が私を拒絶しているみたい。
胸の奥に、鈍い痛みが走った。
中学生のとき、家に閉じこもったときの記憶がよみがえった。
学校に居場所がなくて、ひとりでいることが辛くて、部屋に閉じこもった過去の自分。
もうお母さんには心配かけないって、約束したんだけどな……。
ドアにもたれて、私はため息を漏らした。
気がつけば、足が震えている。
仕返しだなんて言ってこんな格好をするから、バチが当たったのかもしれない。
それとも、高槻くんを苦しめた報い――？
教室中に響き渡る笑い声がいくつも体に突き刺さる。
女子たちのおしゃべりはやむ気配がなくて、もう帰ろうかなと考えたときだった。
ひときわはっきりとした声で、ひとりの女子が声を上げる。

「何を笑う？」

その口調にギクリとして、私はドアのガラス窓からそっと教室内をうかがった。

「何がいけない？」

真っ黒なボブ頭をさらりと揺らして、毒キノコな彼女が席を立った。

「奈央はあなたたちのように、美しくあろうと努力しているだけじゃないか」

参考書を机に置きっぱなしにして、彼女は中央の派手な女子たちに近づいていった。

普段ほとんど口を利かない学年一の才女の行動に、クラス中がかたずをのんでいる。

派手な女子たちは、彼女の迫力に完全に気圧されていた。

「スタートが遅かったからといって、奈央が笑われる道理はないと思うが？」

「な、何よ、奥田さんには、関係ないでしょ」

クラスで一番発言力のある女子が、果敢にも朝子に食ってかかる。

それでも学年トップは、ピンと伸びた背筋を丸めない。

「関係はある」

はっきりと通る声で、朝子は言い放つ。

「私の友人を侮辱するのは、やめてもらおう」

ドアに背を預けたまま、私は動けなかった。

口を両手で覆って、込み上げる感情を抑える。

喉の奥が熱くて、破けそう。

——誰も、朝子と仲のいい友達にはなれない。

誰に対しても対等で、人間関係において『特別なもの』を作らない子なのだと思っていた。

頭がよくて、いつでも参考書を開いていて、マイペースで、他人に無関心で、そのくせ私の話を聞き流しているようでちゃんと聞いている朝子。

——私たちは、仲がいいわけじゃない。

——友達になろうと約束したわけでもないし、お互いに友達だとも思っていないかもしれない。

私が勝手に思い込んでいるだけだった。

彼女は、朝子は……。

『私の友人を侮辱するのは——』

涙が、頬を伝っていく。

廊下を通りかかる生徒たちから顔を隠すように、私はうつむいた。

ぽたぽたと、床に涙の粒が落ちる。

「うわ、小塚？　どうした」

教室に入ろうとしたクラスメイトの男子が、驚いたように声をかけてくる。

地味ブスのままだったら、こんなふうに話しかけられることなんて絶対になかった。

——奈央はあなたたちのように、美しくあろうと努力しているだけ——。

涙がどんどんあふれ出て、私は両手で顔を覆った。

「小塚？」

心配そうな声をかけてくれるクラスメイトの男子に何も答えられないまま、私はしばらくその場から動けなかった。


涙が落ちついた頃、ちょうど担任の先生がやってきて、私は前のドアをくぐる先生と同じタイミングでうしろの扉を抜けた。

担任が現れてくれたおかげで、私は大量の視線を浴びずに自分の席までたどりつくことができた。

何事もなかったように参考書を広げている朝子に、小さく「おはよう」と言うと、朝子はちらりと横目でこちらを見た。

「おはよう、奈央。今日はずいぶんギリギリだな」

「う、うん。ちょっと寝坊しちゃって」

小声で話しながら席につく。

朝子はいつもと全然変わらなかった。

不愛想だし、人と話しているときでも片手間に参考書をめくっているし。

そんな普段どおりの様子に、余計に胸が熱くなる。

私は朝子のことを、何もわかっていなかったんだ……。

メイクをして髪型を変えたら、たしかにまわりの私を見る目は変わった。

校内一のアイドルと呼ばれる星野彗がびっくりするくらい関わってくるようになったし、これまで幽霊みたいに存在感がなかった私に、声をかけてくれる人も増えた。

注がれる視線にも、少しは耐えられるようになっている。

でも、見た目を変えても、私自身は結局なんにも変われていない。

——お前、よっぽど辛かったんだなぁ。

ふと、翔馬兄の声が耳の奥で響く。

いつもふざけたことばかり言うのに、昨日の夜はめずらしく表情をかちりと締めて、翔馬兄は私に言ったのだ。

——もう、終わりにしろ。

SHRを終え、そのまま授業に入った先生の板書の文字を見ながら、翔馬兄の顔を思い出して小さくため息をついた。

昨日、高槻くんを家の近くの公園に引きずっていったあと、翔馬兄はきっと彼から何かを聞いたのだ。

私が怖くて避けている話を。

高槻くんの口から、『ごめん』という言葉を聞きたくなくて、私はずっと彼と話すことから逃げている。

罰ゲームの告白にすぎなかったのだと、私の見た目が変わったから関係を終わらせなかっただけなのだと、高槻くん本人の言葉で聞かされるのは怖かった。

彼の低い声で、思い知らされたくなかった。

メイクをしていない本当の私自身は、ありえない存在でしかないということを……。


昨日の夜、夕飯が済んだあとで、翔馬兄は私の部屋にやってきた。

私はそのとき、高槻くんの必死の叫びが頭から離れなくて……。

——それでも、俺は、キミをあきらめない。

高槻くんが、あれほど私に執着する意味がわからず、何も考えられなくなっていた。

そんなふうに、ベッドに突っ伏したままぼうっとしている無気力状態の私に、翔馬兄は言ったのだ。

「俺、お前のこと嫌いだったなぁ」

つい「何それ」と口にしてしまうくらい、脈絡のない言葉だった。

机からイスを引き出してドカッと座り、翔馬兄は遠くを見るように話しはじめた。

「かなり昔のことだけど、お前、すげー活発でまわりにめちゃくちゃ友達がいたじゃん」

それは、小学四年生くらいまでの話だ。

何を話しはじめたのかとぼんやり思いながら、私は枕に突っ伏したまま翔馬兄の声に耳を傾けた。

「頭わりぃくせに甘えんのだけはうまくてさー、いつも俺ばっか親に怒られてて、すっげームカついてた」

じわじわと溜まっていったイラ立ちと、学校や家でのストレスが膨れ上がって、中学のときに感情を抑えられなくなったのだと、翔馬兄は言った。

突然キレて窓ガラスを割ったり、道ばたの小学生を殴ったり……。

「今、考えると、俺も思春期だったんだなぁ」

ずいぶん荒々しい思春期だ、と私は口の中でつぶやいた。

翔馬兄の行動が元で中学生の私は散々な思いをしたのに。たった漢字三文字の言葉で、私の人生を狂わせたことはチャラになってしまうのかな。

「ブスブス言いまくってお前にも悪いことしたって思う。でもな……」

翔馬兄はだらしなく組んでいた足を下ろして、ベッドにいる私に近づくように身を屈めた。

「俺はお前を追い詰めたかったわけじゃないんだよ」

枕に右頬を押しつけたまま、私は左の目だけで翔馬兄を見上げた。

真剣な表情に、どことなく寂しそうな気配を漂わせて、翔馬兄は静かにつぶやいた。

「お前のことが、羨ましかったんだ」

耳を疑った。

今まで見たことも聞いたこともない翔馬兄の本心を急に並べられて、戸惑ってしまう。

「弱いものイジメすんなーって俺に突っかかってきたりさぁ、正しいことを正しくやれる強い人間だったのに……」

眉を切なげに下げて、翔馬兄は悲しそうに私を見た。

「お前、よっぽど辛かったんだなぁ」

「な、何、急に……」

たまらなくなって、私は体を起こした。

憐れまれている理由が、よくわからない。

「言ってることが、意味不明……」

抗議するように言っても、翔馬兄は自分の話をやめなかった。

「俺の言うこと真に受けて、仕返しなんてしちゃってさ」

「な、何それ……」

「でも、前を見るいいキッカケにはなっただろ？」

そう言うと、翔馬兄は不意に表情を崩した。

それは今まで一度も見たことのない、びっくりするくらい優しい笑顔で。

「だからもう、終わりにしろ」

傷だらけで血のにじんだ心を、柔らかく、包もうとするように……。


まわる。

グルグルまわる。

頭の中で、翔馬兄の言葉が何度も何度も繰り返されている。

本当に自分勝手で、予測のつかないことばかり言う兄だ。

振りまわされるこっちの身にもなってほしい。

仕返ししてやれと、自分で焚きつけておいて、もう終わりにしろ、なんて……。

「奈央ちゃん、具合悪い？」

急に目の前に顔が現れて、私は小さく悲鳴を上げた。

心配そうな星野彗の表情に、慌てて首を振る。

「全然、悪くないよ」

「ほんと？　昼も元気なかったけど……」

　体を屈めて、私の顔を覗き込んでいる星野彗は、茶色の眉をハの字に下げている。

　見ていないようでよく見ているなぁと、妙に感心してしまった。

　普段おかしなことばかり言っているから、ちょっと他人を気づかう仕草を見せるだけで、いい人に見えてしまうというミラクルかもしれない。

　でも、実際一緒にいるようになって、星野彗の印象は少し変わった。

　もっと他人を見下したようなプライドの高い人かと思っていたのに、当の本人は子どもみたいに無邪気で、いい意味でも悪い意味でも素直だ。

「今日こそ放課後デートしたかったけど、やめといたほうがよさそうだね」

　ほどけるような笑い方に、胸がちくりと痛む。

　星野彗は、本気で私を心配してくれている。

　学校の校門を抜けると、すぐにイチョウ並木が続いていた。

　真っ黄色になった葉が地面に散りはじめて、カサカサと風に舞い上がる。

「星野くん」

　いたたまれなくなって、私は足を止めた。

　イチョウの葉に自然に溶け込んでしまう、金色の髪。

　もっと早く彼の性格を知っていれば、こんなふうに巻き込んでしまうことも、なかったかもしれない。

「どうしたの、奈央ちゃん」

星野彗は不思議そうに私を見下ろしている。

下ろした手をグッと握りしめた。

この人には、なんの罪もない。

そりゃあ、私のことを地味ブスと呼んで笑ってはいたけれど、そのあだ名で呼ぶ男子は星野彗だけではない。

そもそも、あの罰ゲーム自体を考えたのは高槻くんなのだから。

「ごめんなさい……もう、星野くんとは付き合えない」

言いながら、握りしめた手に汗がにじんでくる。

本当のことを言うのは、怖い。

でも、今言ってしまわなければ、私たちの心はもっと複雑にこんがらがってしまう。

「奈央ちゃん……？」

星野彗は私の言葉の意味がわからないというように、目を見開いていた。

「わ、私、本当は、すごく地味で暗くて……」

喉が震えて、言葉がうまく出てこない。

細い糸を指先でつむぐように、慎重に空気を吐き出した。

「今の姿は……メイクで作ってる、いつわりの姿だから」

星野彗は絶句しているようだった。

かわいい女の子が大好きな彼にとって、中身が地味ブスな女と付き合っていたなんて、ものすごい屈辱《くつじょく》かもしれない。

騙していたのか、と怒鳴られることを覚悟して、目をつぶる。

ごめんなさい、と言いかけたとき、星野彗がつぶやいた。

「それで？」

思ったよりもさらりとした声音に、顔を上げた。

星野彗は拍子抜けするくらい普段どおりの表情で、不思議そうに目をぱちくりさせている。

「奈央ちゃんがかわいいのはメイクしてるから。うん、了解。んで？」

「でって……。わ、私、本当はブスだから、星野くんとは付き合えない……」

「え、なんで？」

予想外の反応に焦ってしまう。

「なんでって、星野くん、かわいい子が好きなんでしょ？」

「奈央ちゃん、かわいいじゃん」

「だから、これは仮の姿で――」

本当の私は全然かわいくなんかない。

卑屈っぽいセリフをなかなか言えずにいると、星野彗は思いがけないことを言った。

「いいじゃん。今かわいいんだから」

「……えっ?」

今度はこちらが驚く番だった。

星野彗は、たいしたことじゃないと言うようにゆっくりうなずく。

「元が地味でもさぁ、今現在かわいいならいいじゃん」

「だ、だって、星野くん、私に気がつかなかったんだよ。二組の教室に捜しにきて顔を正面から確認したのに、メイクしてなかったら」

「でも、今はかわいい」

はっきりと言われて、言葉を失ってしまう。

星野彗は「うーん」と唸って、わかりやすい説明をひねり出すように、ゆっくり首を振った。

「俺さー、整形とかでも、全然気にしないタイプなんだ」

「え……?」

「まあ整形は極端な例だけど。とにかくさ、そういう努力? みたいの込みで、俺はかわいい子が好きなんだよ。かわいくなろうと頑張った結果、本当にかわいくなってんなら、全然問題ないじゃん」

ニカッと白い歯を輝かせて親指を突き出す星野彗に、私はたじろいでしまう。

「だ、だけど……」

「テレビの女優とかだってさー、環境に揉まれて垢抜けてく感じあるじゃん？　それと同じだよ」

言っている意味はあんまりわからないけど、とにかく、メイクでもなんでも、彼は気にしないのだという。

おかしい……こんなはずじゃ……。

話が思いがけない方向に進んでいって、ますます焦りがつのっていく。

「で、でも、私、やっぱり星野くんとは」

「俺と別れたいの？」

すっと真顔になった彼に、心臓が跳ねた。

それまで浮かんでいた笑みが消えるだけで、落ちつかない気持ちになる。

表情を消した星野彗には、なんだか迫力がある。

「冗談でしょ？　俺よりいい男なんて、そういないよ」

「そ、それは」

たしかに、外見だけで考えればそうかもしれない。

「でも……」

私の考えでは、地味ブスであることを告白してしまえば星野彗に呆れられて、そのまま終わりになるはずだった。

私は元の地味で暗い奈央に戻って、この大それた計画も幕を閉じる。

そのはず、だったのに……。

「奈央ちゃんが別れたくても、俺は別れないよ」

真剣な表情で、アイドル男子は言う。

さらに、彼は続けた。

「こんな好きなのに、別れるわけがない」

まっすぐに突き刺すような視線と言葉に体が震えた。

校内一のアイドルが寄せてくれた好意は、素直にうれしいと思える。

だけど、どうしても腑《ふ》に落ちない。

「なんで、そこまで私なんかに固執するの？　星野くん、私のこと、よく知らないよね……？」

言いながら、自分でトラウマになっているのかな、と思った。

――ずっと好きだった。

高槻くんが言ったセリフ。

ずっと、という言葉に裏切られて、私は男の子からの『好き』を、信用できなくなっているのかもしれない。

不審の目を向けている私を見下ろして、星野彗は考えるように顎《あご》に親指を当てた。

「えー？　奈央ちゃんはすげー俺好みだしぃ、あとは直感かな」

「直感……」

それって結局は、外見だけで判断しているんじゃ……。

言おうとした瞬間、星野彗は微笑みながら腕を広げた。

「とにかく、俺は奈央ちゃんのことが好きだし、それでいいじゃん」

あ、抱きついてくる。

そう感じたとき、不意に目の前に大きな体が現れた。

イチョウが散る鮮やかな黄色い通りに、細長いブレザーの背中と、無造作にセットされた黒髪が映える——。

「うおっ⁉」

勢いのまま私の正面に立つ人物に抱きついた星野彗が、奇妙な叫び声を上げた。

「な、な、何してんだよ、レオ」

動揺した星野彗の表情が、広い背中越しに見える。

私は動けなかった。

目の前の背中から低い声が落ちる。

「セイ、お前はすげーいいヤツだ」

「はあ?」

高槻くんの言葉は、なぜかずしりと私の心に横たわった。

星野彗は見た目からしてチャラくて、いつも女の子に囲まれてて、軽薄そうで。

それでも、悪い人じゃない。

高槻くんはそれを知っているからこそ、彼らのグループで一緒にいるんだ。

「なんだよレオ、俺がいい男なのは当然だろ? 何を今さら……」

「でも、小塚はダメなんだ」

鼓動が加速した。

広い背中に釘づけになってしまう。

と、星野彗が眉間に深いシワを刻んだ。

「はあ? 何を言ってんだよレオ。小塚って誰?」

高槻くんの肩と一緒に、私の肩もガクリと落ちた。

「……セイ、好きなヤツの苗字《みょうじ》ぐらい把握しとけよ……」

「んああ?」

ため息交じりに言われてバカにされたのだと思ったらしく、金髪アイドルは語気を強める。

だけどそれに負けないくらいの迫力で、高槻くんは声を張った。

「小塚奈央だけは譲れないって言ってんだよ！」

私と星野彗がふたりで目を丸めている間に、振り向いた高槻くんに私は腕を取られていた。

「悪いな、セイ」

短くつぶやき、高槻くんが走り出す。

「おいレオ！　うわっ」

追いかけてきた星野彗は、何かにつまずいたのか体勢を崩した。

その間に高槻くんはあらゆるものを蹴散らす勢いで通りを走って、走って、走って、私の腕を強く掴んだまま、私を振り返ることなく、風を切るように走り続けた。

無言のまま電車に揺られること三十分、私の家の最寄り駅につくと、高槻くんは当然のように電車を降りた。

ひと言もしゃべらないのに手はずっとつながれたままで、まるで私が逃げ出さないようにと、捕まえているみたい。

といっても、私は実際に何度も話をせずに逃げ出しているから、彼は本気で捕まえているのかもしれなかった。

今度こそ、きっちり話をするために。

観念して高槻くんのうしろを歩きながら、気持ちを落ちつけるために何度も深呼吸を繰り返した。

頭によみがえってくるのは、翔馬兄の言葉だ。

――終わりにしろ。

太陽が西に浮かび、青い空がかげりはじめる時間。

手を引かれるまま、自宅へ続く通りを進んでいく。

どちらも口を開かず、ただ、お互いの体温だけが手のひらで溶ける。

頬をかすめていく冷たい風が、なんだか切ない。

ずっと黙ったまま前を向いていた高槻くんが、不意に振り返った。

喜びも怒りも感じさせないまっさらな顔で、ポツリとつぶやく。

「ちょっと、寄り道しよう」

そう言って、彼は通りかかっていたコンビニの脇道に入った。

連れられるまま、入り組んだ細い通りをくねくねと歩いていく。

地元の人にしかわからないような道を、すんなり進んでいく彼に私は驚いていた。

猫の抜け道のような、人がひとりやっと通れるような狭い道を抜けると、公園に出る。

それは、我が家から一番近い場所にある、大きな滑り台のある公園だった。

「どうして……？」

公園の入り口で立ち止まった背中に、思わず声をかけてしまう。

この場所にたどりつくためには、普通なら、大通りに沿って遠まわりをしなければならない。

「なんで、高槻くんが、この道を知ってるの……？」

今、高槻くんが住んでいるのは隣町だ。

このあたりの地理まで把握しているとしても、この道を知っているはずがない。

高槻くんが当たり前のように通ってきたこの道は、ごく近所に住む子どもたちだけが知っている、秘密の抜け道なのだ。

公園の敷地に入ると、彼は初めて私を離した。

手のひらからぬくもりが消えたとたん急に不安が込み上げて、それを隠すために私は両手を握りしめた。

すると、正面に立っていた背中が、ゆっくり向き直る。

「ずっと黙ってたけど、俺、このへんに住んでたんだ……かなり前に」

高槻くんの顔には小さな笑みがあった。

少し困ったように眉を下げた、何かの衝撃ですぐに消えてしまいそうな、微笑み。

「このへんに、住んでた……？」

ひと言ひと言確かめるように繰り返す私に、彼は「そう」と静かにうなずく。

「俺の親、転勤多くてさ。せっかく学校で友達ができてもすぐ離れ離れになって。それが嫌で嫌で仕方なかった」

高槻くんは小さなブランコに視線を移した。

立ちこぎをしたり、靴とばしをしたり、私が小学生の頃に散々遊び倒した青いブランコだ。

「小四でここに越してきたときは、前の学校の友達と仲がよかったから、余計にこっちの学校に馴染むのに時間がかかってさ。なかなか友達もできなくて、毎日つまんねーと思ってた。しかも赤ん坊の弟の世話までさせられて」

それは以前、聞いたことのある話だ。

高槻くんは、両親の目が遼くんにばかり向くのが辛くて、消えてしまいたいと思っていた時期があった。

「学校でも家でも寂しくてさ、無性にイラついてて。ほら、そこの通り」

不意に長い指が私の後方を差して、ドキッとする。

おそるおそる振り返ると、彼の指は、公園に沿って伸びている通りを示していた。

「すげーむしゃくしゃしてて、そこを歩いてるときに、ちょうど転がってた石をけっ飛ばしたんだ」

小さな頃のいたずらを白状するように、伏し目がちに言う高槻くん。

彼の話に思わず身を乗り出してしまうのは、星野彗と違って普段は口数の少ない高槻くんが、めずらしくたくさんしゃべっているから、という理由だけじゃない。

「そしたら、前を歩いていた中学生の足に、思いっきりぶつかった」

低く、優しく、私に伝わっていた高槻くんの声が、急に頭の中で真っ白く弾けた。

蹴とばした石。

中学生。

「その男子中学生は虫の居所が悪かったみたいでさ、鬼みたいな形相で振り返って、そんで俺は殴られた」

脳裏によみがえる。

中学の制服を身にまとい爆弾を抱えた翔馬兄が、いきなりキレる様子が。

小さな男の子の胸倉を掴んで、殴りつけるシーンが。

「キレ方が尋常じゃなくて、そんときは正直、殺されるって思った」

彼の言葉を聞きながら、握りしめた両手から全身へと、震えが伝染していく。

体全体が心臓になったみたいに、鼓動がうるさい。

そんな私をまっすぐ見つめたまま、高槻くんは表情を変えずに言う。

「そのとき、女の子が飛び出してきて、中学生に向かって叫んだんだ」

――弱い者イジメすんな、バカ兄！

体が硬直する。

瞬きもできなかった。

今よりバカで、怖いもの知らずだった小学四年生の私が、公園の中を元気いっぱいに走りまわる。

「すっげー恥ずかしかったよ、俺。女の子に助けられるなんてさ」

高槻くんの顔がクシャッと崩れて、喉の奥がキュッと締めつけられた。

声を出したいのに、かすれた吐息しか出てこない。

「俺が尻餅をついたまま動けないでいたらさ、たぶんその子、俺が怯えてると勘違いしたんだろうな」

その女の子は小さな高槻くんに駆け寄り、まっすぐに目を合わせて言った。

高槻くんの低い声で、少女のセリフが、公園の冷えた空気の中に舞う。

『ねえ、弱い人が強くなって誰かを助けたら、その助けられた人はまた強くなって、誰かを助けると思わない？』

「え？」と眉をひそめる高槻少年に、少女は屈託なく笑いかける。

『私が最初のひとりになる。だからキミは、ふたり目ね』

弱いものが、強いものへ取って代わるための連鎖のはじまり。

頭の鈍い彼女なりに考えた、むちゃくちゃな理屈。

あっけにとられて座り込んでいる男の子に、強引に小指を絡ませて、少女は言ったのだ。

『きっとできる。ねえ、約束しようよ』

目の前の滑り台を勢いよく下り、砂場で転んで砂だらけになった少女——奈央が、汚れた顔を上げて私に明るく笑いかける。

太陽みたいな、冷たい風を吹き飛ばしてしまうような笑顔に、鼓動が高鳴る。

こんなふうに笑っていたの……？

あの頃の私は——。


「最初はただびっくりしてさ、正直意味もわかんなかったけど」

ブランコの前の柵に腰を預けて、高槻くんは優しく言葉を続ける。

記憶をたどるように、丁寧な口調で。

「その日から、へこむと自然にその子の言葉を思い出すようになった」

——弱い人が強くなって誰かを助けたら、その助けられた人はまた強くなって、誰かを助けると思わない？

強くなって、誰かを助ける——。

「誰を助けるんだよって、いろいろ考えていたら、弟の顔が浮かんでさ」

高槻くんは乾いた地面を見つめた。

同じ年くらいの女の子に助けられて、恥ずかしさと悔しさと、それからほんの少しのくすぐったい感情。

少年だった高槻くんの心に芽生えた気持ちは、日向のヒマワリみたいに、太陽に向かってぐんぐん伸びた。

「少しずつ親の手伝いして、弟の面倒みるようになったら、びっくりするくらい気持ちがラクになった」

両親に褒められて、前向きな気持ちで弟をかわいがるようになったら、驚いたことに、学校でも友達ができた。

高槻くんは誰もいない午後の公園を眺めながら、まるで昔話をするみたいに話し続ける。

「明るい顔をするようになったからか、話しかけてくれるヤツができてさ。下ばっか向いていた学校で顔を上げるようになったら、違うクラスに小塚がいることに気づいた」

急に目が合って、心臓が音を立てる。

いつの間にか息を止めていた私は、細く、震えながら吐息をついた。

私を見つめたまま、高槻くんが優しげに目を細める。

「俺を救ってくれたのは……」

キミだよ、と。

低い声が、告げる。

公園を吹き抜ける風が、私の長い髪をさらっていく。

ひんやりした空気の中で、心臓から送り出された熱い血液が一瞬で体中にめぐって指先まで熱を伝える。

ブランコの柵に腰かけて、地面に長い足を投げ出してる目の前の彼が、ずっと昔、私が翔馬兄からかばった男の子だっていうの――？

「わ……私」

どんなに頭を働かせても、あのときうずくまっていた少年の顔には、薄いモヤがかかったまま。

翔馬兄に殴られた男の子を助けた覚えはあるけど、そのときに自分が言ったセリフも、その男の子が高槻くんだったということも、記憶の彼方に消え去っていた。

「同じ小学校にいるって気づいたときに、声をかけてればよかった」

どうしても勇気が出なかったんだと、高槻くんは悔やむようにつぶやいた。

「俺、そのあとまたすぐ引っ越すことになって、小塚に話しかけられないまま転校したんだ」

だから高槻くんは、その後の暗い私を知らない。

それから何度か新しい町で暮らして、そして高校生になったと同時に、高槻くんはまた家族と一緒にここに戻ってきた。

「まさか、同じ高校にいるとは思ってなかった」

まるで奇跡を目の当たりにしたみたいに、瞳に喜びの色を浮かべて、高槻くんは言った。

「覚えてないかもしんないけど、廊下で小塚のペンケース拾ったんだよ。そんとき、初めて気づいた」

体の震えが止まらない。

地味で暗い女子生徒のペンケースを拾って、たった一度目を合わせただけで、高槻くんは私を小学生の頃の天真爛漫な少女と結びつけた。

どうして、気がついたんだろう。

不思議でたまらない。

殻をかぶっていた私を、高槻くんはなぜ、見つけることができたの？

「それからいてもたってもいらんなくて、小塚の状況も考えないまま、気がついたら告ってた」

校舎裏に連れていかれたのは、まだ暑かった頃。

今でも思い出す。

揺れる木漏れ日と、微妙に開いたふたりの距離。

高槻くんと目を合わせるのも、名前を呼ばれるのも、あのときの私にとってはすべてが奇跡だった。

「ごめん」と、高槻くんはひと言つぶやいた。

「俺が近づいたら、小塚に迷惑がかかるって、わかってなかった」

日陰の生活を好んでいた草花が、急に真昼の太陽に照らされてしおれてしまうように。

高槻くんと一緒にいることで注目を浴びた私が、ひどく戸惑っていることに気がついて、彼は朝の迎えや学校内での接触をやめた。

「それでも、どうしてもあきらめたくなくて」

高槻くんは言いづらそうにわずかに表情を歪める。

自分を抑えるように、眉間にシワを寄せて、

「だってずっと……想ってたんだ。転校したあとも、忘れたことなんかなかった」

高槻くんの言葉が、私の胸を貫く。

「小四の、あのときからずっと……好きだった」

こぼれていく。

コップいっぱいに溜まった水のように、胸に収まりきらない感情が、あふれ出す。

目尻から、頬を伝って流れ落ちる。

「だって、罰ゲームって……」

星野くんたちと、『地味ブスに告るなんて、ありえない』って……。

靴箱の向こうに聞いたのだ。

胸を締めつけるのは、どろりとにごった感情の残骸。真っ黒な毒が、私自身にまわっていく――。

「うん、ごめん。全部、状況が見えてなかった俺のせい」

苦しそうに眉を寄せて、高槻くんは立ち上がった。

「俺が焦って小塚に告ったから、まわりのヤツが勝手に勘違いしたんだ」

ブランコから離れた彼が、真正面に立つ。

「罰ゲームで告ったんじゃないよ」

大きな手が伸びてきて、私は肩を震わせた。

うつむいた私の頬に、ほんの少しためらうように、温かな手が触れる。

「セイたちには、ちゃんと次の日に罰ゲームやってみせたし」

「次の、日？」

「制服のまま、プールに飛び込んだ」

目の前を閃光が走って、私は思い出した。

高槻くんに告白された次の日、校門で私を待っていた高槻くんは、バケツの水をかぶったみたいに、全身びしょ濡れだった。

——俺、泳げない。

決まりが悪そうに言った声を覚えている。

罰ゲームの内容は、ありえないこと。

泳げない高槻くんが、プールに飛び込んだ。

「……ありえない、ことを、実行」

思わず口にしていた。

罰ゲームだ。高槻くんが罰ゲームに選んだのは、プールだった。

——私じゃなかった。

「ご、ごめ」

すべてを知ったとたん、自分がやったことが、自分に返ってくる。

喉がつぶれそうだ。

私は、何も悪くない高槻くんを、どれだけ傷つけたんだろう。

「ごめんなさ」

「いいよ。もう、全部わかってる」

グッと頬に当てられた手に力が入って、私は上を向かされた。

「小塚の兄貴に、全部聞いた」

真正面から、私の顔を覗き込んで、高槻くんは苦しそうに首を振る。

「小塚は悪くない」

きっとこの公園で、翔馬兄と高槻くんはすべてを話し合ったのだ。

あの告白が、罰ゲームではなかったことを。

ふたりが、何年も前に加害者であり、被害者であったことを。

お互いの、兄としての気持ちを。

だから、翔馬兄も私にあんな話をして、もうやめろって言ったんだ……。

「小塚は悪くない。俺がしつこいからいけないんだ」

悪かった、と言って、高槻くんは眉根を寄せる。

「振られたあとも俺がつきまとったから、小塚を余計苦しませせた」

そう言ったあとで、「でも」と、小さくつけ足す。

「それでも俺は、絶対あきらめないって決めてた」
どうしてだろう。まっすぐのぶれない目で、高槻くんは私を見る。
地味で、暗くて、殻から出られないでいる私を。
高槻くんも、朝子も。
変身したあとでさえ、ふたりは私に対する態度が変わらなかった。
見た目じゃなくて、私自身をしっかり見ててくれた。
そこにあるはずの殻を、ものともせずに。
――お前を救えるのは、お前だけだ。
不意に翔馬兄の声が思い出されて、私はおそるおそる手を伸ばした。
正面に立つ、高槻くんに向かって。
外の世界にいる彼の手に触れるように、私を覆う堅い殻を突き破るつもりで。
そして私の指先は、何の抵抗もなく宙を舞い、高槻くんの手に触れた。
彼のしめった、温かなぬくもりが、指先から流れ込んでくる。
こんなことが……あるだろうか。
頬を、涙が一粒、音も立てずに落ちていく。
私は、初めて気がついた。
殻はなかった。

それは、私が勝手に作り出していただけだった。

目に見えない、実体すらない殻の中に、自分から閉じこもっていたにすぎない。

人と接することに怯えて、自分からバリアを張っていたんだ。

なかった。殻なんて……。

はじめからどこにも、存在してなかった――。

涙ににじんだ視界で、指先に触れた高槻くんの体温だけが鮮明だ。

私の手をきつく握りしめて、高槻くんが言う。

「もう一度、やり直させてほしい」

綿雲のように、フワフワと温かな空気に包まれる。

「――奈央」

正面から抱きしめられて、私は固まってしまった。

高槻くんのかたい胸に、涙に濡れた顔が押しつけられる。

「ずっと好きだった。俺と、付き合ってください」

心臓の音が聞こえてしまいそう。

体が硬直して、何も答えられないでいると、ふっと、小さく笑う声が聞こえた。

「まあ、たとえ断られても、あきらめる気なんかないけど」

「え……」

顔を上げると、高槻くんはハッとしたようにつぶやいた。

「やべ、俺ってほんと、ストーカーみたいだな……」

自分でショックを受けたように言うから、つい笑ってしまった。

目を向けると、高槻くんと目線がぶつかる。

彼のぬくもりに包まれながらの視線の交わりはことのほか心臓に悪くて、私は再び固まってしまう。

私を見下ろしていた顔が優しく崩れた。

「ようやく、笑った」

うれしそうな微笑みに、私の心臓はぼん、と破裂した。

「た、高槻くん、離して……ください」

自分の顔がありえないほど赤くなっているのがわかる。

これ以上くっついていたら、恥ずかしすぎて死んでしまう。

胸の高鳴りがバレてしまう前に逃げ出したいのに。

「まさか」

高槻くんはさらにがっちりと私に腕をまわして。

「もう、離さない」

噛みしめるように、ささやいた。

四章
あきらめない

あの日のキミを

【礼央side】

春が来て、小学三年生が終わる。

校舎裏に咲いていた桜が散りかけてる、と僕が言ったら、マサヤがあれは桜じゃなくて梅なのだと教えてくれた。

「母ちゃんが言ってた。桜はこれから満開になるんだって」

「ふうん」と納得したようにうなずきながら、僕には梅と桜の違いがわからなかった。

修了式が終わって午前下校だから、友達はみんな昼ごはんを食べたあとで公園に集合することになっている。

でも、僕は引越しの準備をしなきゃいけなくて、みんなと遊べない。

つまらなかった。

僕と同じマンションに住んでいるマサヤも、いったん帰ってからすぐに出かけるはずだ。

うらやましい、と思っていると、

「レオ、ちょっと待った」

自宅に帰る途中の坂道で立ち止まり、マサヤはランドセルからカードホルダーを取り出した。

仲間内で爆発的に流行っているカードゲームは、学校に持っていくことを禁止されている。

「わ、それ持ってきてたの？」

道の真ん中で分厚いホルダーをめくっていくマサヤを、僕はハラハラしながら見つめた。

学校から少し距離があるとはいえ、告げ口しそうな女子が通りかかったり、保護者が通りかかったりするかもしれないから。

「これ、レオにやる」

「え……」

差し出されたのは、なかなか手に入らないレアカードだ。

「わあ！　ブラックメタルドラゴンじゃん！」

放課後に毎日のように行われたカード交換会で、どんなカードを出されてもマサヤが絶対に手放さなかった貴重な一枚だ。

僕は一気に興奮して、でもすぐに冷静になった。

「欲しいけど、これと交換できるようなカード持ってないよ」

「いい、やる」

「え……」

「レオにやる、俺の宝だからな」

さらに「大事にしろよ」と、マサヤは目を合わさずにつけ加えた。

「あり、がとう」

ランドセルとは別に手に下げていた袋が、急に重みを増した。

お別れ会でもらったプレゼントと、クラスメイトたちからの手紙が入っている。

『また会おう』

『元気でね』

『忘れんなよ』

「手紙、書くから」

マサヤがすねたように言って、僕はこみ上げる熱いものをこらえた。

震える唇を左右に伸ばして、どうにか笑顔を作る。

「読めるように、きれいな字で書いてよね」

「わかってるって」

「僕も、返事を書くよ」

翌日、荷物を全部詰め込んだトラックが出発して、僕たちも家族で車に乗り込もうとしたとき、マンションの前に数人の人影が現れた。

「レオ、またなー」

「さよならー」

小学校で三年間ずっと一緒だった仲間たちが思いがけず駆けつけてくれて、気持ちがあふれ出す。

窓を全開にして、泣くのをガマンしながら、僕は手を振った。

「じゃあね！　また会おう、絶対」

「危ないわよ」とお母さんに注意され、僕はうしろの窓に張りついた。

手を振るマサヤたちがどんどん小さくなる。

やがて車が角を曲がって見えなくなっても、僕のまぶたの裏には、仲間たちの姿が陽炎《かげろう》のように揺らめいていた。


仲間たちと離れた僕を待っていたのは、友達のいない学校と、一歳になったばかりの弟を中心にした生活だ。

新しい学校の四年二組に放り込まれて一週間がたっても、僕はなかなか周りに馴染めなかった。

先生の黒板の書き方も、授業の進め方も、みんなが夢中になってるゲームも、前の学校とは何もかもが違う。

クラスメイトはだいたいみんな同じくらいの背格好で、着ている服の雰囲気だって変わらないのに、マサヤたちと夢中になったカードゲームはここではまったく人気がない。

流行《はや》っているのは携帯ゲームとサッカーだ。

ゲーム機は持っていないし、サッカーはクラブに入ってる連中で固まってる。

たまに誰かに話しかけられても、うまく会話に溶けこめず、結局ひとりで自分の机に座っているばかり。

前の学校とは、時間の流れ方も、空気も、何もかもが別物に思えた。


「ただいまー!」

玄関を勢いよく開いて家の中に駆け込むと、キッチンに立っていたお母さんが顔をしかめる。

「もっと静かに入ってきなさいよ」

リビングに敷かれた小さな布団の中で、弟はすやすやと寝息を立てていた。

「あのさ、今日学校で」

背中からランドセルを下ろすと、フタが開いていたらしく、中身がどさざっとなだれ落ちた。

その衝撃で弟の遼が目を覚まし泣きはじめる。お母さんが慌てて走り寄った。

「ああ、もう、ようやく寝たばっかりなのに！　どうしてお兄ちゃんはそう落ちつきがないのかしらね」

髪の毛を無造作に束ねたお母さんは、弟を抱きかかえて「びっくりしたねぇ、かわいそうに」とあやした。

僕はちょっとむっとして、お母さんのそでを引っ張る。

「お母さん、明日学校に……」

言い終わる前に、キッチンからピピピピッとタイマーの音が聞こえてきて、お母さんがぎょっとしたように僕を見た。

「お兄ちゃん、タイマー止めてきて」

「だから、明日学校に」

「早く！」

ぴしゃりと言われ、僕はキッチンに向かった。

タイマーのボタンの感触が楽しくて、止めたあとについ何度も押していたら「うるさい」と怒られた。

「宿題あるんでしょ？　早くやっちゃいなさい」

弟が生まれてから、僕を見るときのお母さんは、いつも眉の間にシワを寄せている。

なんだか、おもしろくない。

「マサヤから、手紙来た？」

「まだ来るわけないじゃない。おととい返事出したばっかりでしょ」

四年生になってさっそく届いたマサヤからの手紙には、楽しそうな学校の様子が書かれていた。

仲間たちと何をして遊んだとか、ゲームの話とか。

想像すると、うらやましくて仕方ない。

新しい学校の四年二組は、三年からクラス替えなしの持ち上がりだから、すでに友達グループができあがっている。

なかなか輪に入っていけない僕は、休み時間もひとりでいることが多いし、放課後に遊ぶ友達もいない。

子ども部屋の折りたたみテーブルの上にお菓子の空き缶を置き、中からドラゴンカードを取り出した。

マサヤがくれた宝物、黒い炎を背中にまとったブラックメタルドラゴンは、ぎらぎらした目で僕を見る。

僕の心をはっきりと見透かすような瞳に、少しだけどきっとした。

光の加減で、まるで生きているように目の色が変わるそれは、今は僕の宝物だ。

リビングで布団に寝かされた弟が「ぎゃああん」と怪獣みたいな声を上げて、キッチンに立っていたお母さんが包丁を持ったまままため息をついた。

「お兄ちゃん、今お母さんは手が離せないから、遼くんと遊んであげて」

「えー？　これから宿題しようと思ったのに」

「お願い、お兄ちゃんでしょ」

お兄ちゃんでしょ。

お兄ちゃんなんだから。

遼が生まれてから毎日、お父さんとお母さんから耳が腫れそうなくらい言われる言葉だ。

先に家族の中にいた僕は『お兄ちゃん』で、あとから来た遼は『弟』。

お兄ちゃんは弟に優しくしなきゃいけない生きモノで、弟は何をしても許される生きモノ。

お母さんを捜して、よちよちとキッチンに行こうとする遼を引き止める。

僕に止められると、遼は大声でわめいた。

思わず耳をふさいでしまう。

「もう、しょうがないわねぇ」

お母さんが抱きかかえると、弟はあっという間に静かになった。

小さな手のひらを突き出して、「あー」とか「だー」とか、言葉になっていない声を出す。

「ほら、かわいいわねぇ」

にっこりと笑った遼を見せられて、僕は唇を噛んだ。

……かわいくなんか、ない。

遼が生まれるまではいつだって話を聞いてもらえたのに、今、お母さんは僕の話を全然聞いてくれない。

学校がつまらないとか、みんなと同じゲームが欲しいとか、僕が話しても「あとで」と遮られて、待っていても結局「あとで」はやってこない。

お母さんはいつも遼を気にしてばかりで、僕の話はすぐに忘れてしまう。

弟なんて、はっきり言って邪魔だ。


授業のペースは前の学校より少し遅かった。

先生の話を聞かずに周りに話しかけてばかりのやつがひとりいて、先生はそいつを注意するのに忙しそうだった。

授業の進み具合が遅いせいもあってか、四年生になって初めてやったテストで、僕は一〇〇点満点を取った。難しい問題が一問だけあって、満点を取ったのはクラスでひとりだけだと先生は言った。

うれしかったけど、馴染んでいないクラスで目立つのもイヤだから、僕は点数のところを折って隠して、すぐに机の中にしまった。

授業は楽しくはないけど、休み時間よりはマシだった。

ひとりきりだと、何をしていればいいのかわからない。

トイレに行って校舎内をブラブラして、ただぼうっとして時間をつぶす。

学校がはじまったばかりの頃は、休み時間にクラスメイトから話しかけられたこともあった。

「高槻くんは前の友達と何して遊んでたの？」

そう声をかけてきたのは前の席の男子だ。

「ドラゴンカードが流行ってた」と言うと、その男子は「ああ」となんの思い入れもないようにうなずいた。

「この学校でも一瞬だけ流行ったけど、みんなすぐ飽きちゃったんだよな」

携帯ゲームを学校に持ってくることは禁止されているけれど、クラスメイトたちは休み時間になるとゲームのキャラクターやストーリーの裏話、必殺技の真似なんかで盛り上がる。

ゲーム機自体を持っていない僕は、話についていけず、そのうち相手にされなくなった。

自分からうまく話しかけることができなかった僕は、退屈していることがバレるのが恥ずかしくて、いつも下を向いていた。

全校集会で体育館に集まるときも、体育の授業で校庭に出るときも、みんな楽しそうに騒いでる。

僕だって、前の学校にいるときは仲間に囲まれていたのに。

休み時間にはいつも笑ってて、毎日学校に行くのが楽しかったのに。

マサヤや仲間みたいに、僕が言ったことを受け止めて一緒に笑ってくれるやつは、今のクラスには誰もいない。

僕はこのままずっとひとりなんだろうか。

授業中、先生にさされない限り、誰とも話すことなく、自分で自分の声を聞くこともなく、家に帰るのだろうか。

僕は誰にも呼ばれないまま、自分の名前をいつか忘れてしまうんじゃないだろうか。

「前の学校に戻りたい」

そう言った瞬間、洗濯物をたたんでいたお母さんは眉をひそめた。

「何言ってるの。無理に決まってるでしょ」

学校から帰った僕を見つけると、遼は「あうー」と言いながらよちよちと近づいてくる。

僕はそれを無視した。

「マサヤから手紙は？」

「来てないわよ」

何度も言わせないで、というように、お母さんの口調は冷たい。

マサヤから手紙が来ると、僕の気持ちが元の場所に引き戻されると思っているのかもしれない。

「お母さんだって大変なんだから、わがまま言わないでちょうだい」

僕は乱暴にランドセルを下ろした。

お母さんが嫌な顔をするのはわかっていたけど、気持ちがざらついて、どうしようもなかった。

「宿題、さっさとやっちゃいなさいよ」

不満に思いながら「わかってるよ」と答えて連絡帳を取り出したとき、折り曲げて突っ込んだテスト用紙が一緒に出てきた。

忘れかけていたそれを見つけて、いらいらが少しやわらぐ。

「お母さん、僕、今日のテストで一〇〇点取ったんだよ」

「あら、すごいじゃない」

眉間にシワのないまっすぐな瞳が、久しぶりに僕に注がれたと思ったとき、

「ぎゃあああん」

隣の部屋から恐竜の鳴き声みたいな叫びが聞こえて、お母さんが慌てて立ち上がった。

「あらあら大変」

折りたたみテーブルに頭をぶつけて泣き叫ぶ弟を、お母さんは抱きかかえて優しく笑う。

「遼くん、痛かったわねぇ。よしよし」

「えぐ、えぐ」と喉を震わせる遼は、僕と同じ人間とは思えない。

これは、『弟』という生きモノだ。

きらきらとまぶしく光って、僕の存在を影のように消してしまう。

遼に合わせて、夕ごはんの時間はとても早い。

昔はどんなに早くても外が暗くなってからだったのに、今はまだ日が落ちていない夕方の五時には食べはじめる。

僕はお母さんに言われるまま、キッチンからシチューの皿をテーブルに運び、遼をイスに座らせた。

僕はじゅうたんの上に座り、弟から少し離れて食事をする。

弟はスプーンをうまく使えない。

最初は右手に持つけれど、すぐに反対の手で手づかみをはじめるから、皿の中はもうなにがなんだかわからないくらいぐちゃぐちゃになる。

テーブルから食べ物や飲み物はこぼすし、汚れた手でべたべたとあちこちに触るから、遼のまわりにはいつも新聞紙が敷かれていた。

お母さんは弟につきっきりだし、食事中はテレビもつけさせてもらえない。

だから僕はいつもさっさと食事を終え、隣の子ども部屋に引っ込んだ。

最近は一日に一回、お菓子の缶から中身を全部取り出し、意味もなく並び替える作業をしている。

これまでに集めたドラゴンカードには、一枚一枚に思い出が詰まっていた。

交換してもらったカードや、みんなで観に行った映画館でもらったおそろいの限定カード、それにマサヤからもらった宝物のレアカード。

それらを並べて、飽きることなく眺めながら、僕は寂しさをまぎらわせる。

仲間のことを思い浮かべて、今頃何して遊んでいるかなと想像すると、気持ちが少しだけ穏やかになった。

特に大切なカードを脇に置いておいて、そのほかのカードを片づけていたとき、背後に気配を感じた。

「あう、だっ」

いつの間にか、遼が立っていた。

よちよちと覚束ない足取りで近づいてきて、折りたたみテーブルに掴まる。

その小さな手は、さっき食べたシチューでドロドロに汚れていた。

あっと思ったときには遅かった。

遼は、テーブルに広げてあったカードを平手で叩いた。

マサヤからもらったブラックメタルドラゴンが、べちゃっと遼の手に貼りつき、畳に落ちる。

その瞬間、頭の中でかろうじてつながっていた何かが一気にちぎれた。

「触るなっ！」

カードを拾おうとしている遼を押しのけ、僕は奪うようにそれを拾った。

尻餅をついた遼が、一瞬びっくりしたように目を見開く。

その目にみるみる涙がにじんでいく。

いきなり最高潮に達した恐竜の雄叫びは、僕の耳をつんざいた。

家じゅうに響いたそれを聞きつけて、お母さんが飛び込んでくる。

「遼くん！　どうしたの」

お母さんは遼を抱きかかえ、何があったのかと責めるように僕を見た。

僕はベタベタになったカードをティッシュでぬぐいながら、叫びたいのをこらえる。

「遼が、悪いんだ」

絞り出した声は震えた。

「何？　カード？」

僕の手元を見ると、呆れたようにため息をついて、お母さんは遼を優しく揺さぶった。

「遼くんはまだ小さいんだから仕方ないでしょ。あんたが泣かせてどうするのよ」

よしよしと弟をあやしながら、「困ったお兄ちゃんでしゅね」とつぶやく。

「たかだかカードを汚されたくらいで」

喉が締めつけられて、息が吸えなくなった。

耳のうしろで、アルミのバケツを打ち鳴らされているみたいにガンガン音がする。

「たかだか、じゃない」

涙がこぼれそうになって、僕は歯を食いしばった。

汚されたのは、ただのカードじゃない。

マサヤとの、大切な、友情のあかしだ。

「お兄ちゃんなんだから、少しくらい我慢しなさいよ」

その言葉で、目の前が真っ赤になった。

「お兄ちゃんじゃない！」

喉の奥が燃えるように痛んだ。

驚いて目を見開くお母さんに、殴りつけるように叫ぶ。

「好きでお兄ちゃんになったんじゃない！」

お母さんの眉が下がって、顔が歪んだ。

それを見るのが怖くて、僕は目をつぶる。

「どうせ、お母さんがかわいいのは遼だけなんだろ！」

叫んだ声が、自分に突き刺さるみたいだった。

そうだ。

お母さんもお父さんも、遼がいれば僕なんかいらないんだ。

この世から僕の存在が消えてしまっても、今までと変わらない生活を送っていけるんだ。

弟の遼さえいれば。

母親の腕の中でびっくりしたように僕を見ている遼は、僕の場所を奪ったくせに、平気な顔をしてる。

全部が許されるんだ。

赤ん坊だから。弟だから。

「お前なんか、大っ嫌いだ！」

僕はブラックメタルドラゴンのカードをポケットに押し込んで玄関に走った。

スニーカーに足を突っ込んでドアを飛び出そうとしたとき、廊下の奥からお母さんの叫ぶ声が聞こえた気がした。

お母さんはきっと気づいてない。

僕はもうずっと、お兄ちゃんとしか呼ばれていない。

僕の名前は、そんなんじゃないのに。

ちゃんとした名前があるのに。

夕方の五時をすぎたのに、空はまだ明るかった。

斜めに光をそそぐ太陽は、オレンジ色の大きなかたまりで、今にも溶けて崩れそうに見えた。

どこへ行けばいいのかわからない。

本当はマサヤたちのところに帰りたかったけれど、行き方がわからなかったし、お金もない。

あてもなく歩いていた僕は、同じ年くらいの男子たちがはしゃぎながら入っていった細い道に興味をひかれた。

覗いてみると、自転車も通れなさそうな狭い通路が伸びている。

奥のほうから笑い声が聞こえてきて、僕は吸い込まれるようにそこに入った。

家と家の間の狭い通りを進み、しばらく歩いて目に入ってきたのは、巨大な滝みたいな形の滑り台だ。

ふたり並んで歩くこともできない狭い道につながっていたのは、来たことのない大きな公園だった。

一度に十人以上が滑れそうな滑り台で、男子も女子も関係なく、みんな楽しそうに遊んでいる。

家からわりと近いのに、こんな公園があるなんて知らなかった。

弾ける笑顔や叫び声に、沈んでいた気持ちがうずきはじめる。

滑り台の下にいるのはきっと鬼役だ。

上にいる子たちは、捕まらないように注意しながら坂の途中を横切ろうとする。

巨大な滑り台を見ているだけで、気持ちがわくわくした。

あの中に混じって僕も遊びたい。

誰かが声をかけてくれたら入りやすいのに。

そして結局、僕には自分から仲間に入っていく勇気がなかった。

通りに出て、フェンス越しに楽しそうな彼らを眺めながら歩道を歩く。

どうして僕はひとりなんだろう。

彼らのはしゃぎ声が、ひとりぼっちの僕に突き刺さる。

行くべき場所も、いるべき場所も、思いつかない。

学校でも、家でも、どうせ誰も僕のことを見てくれない。

僕なんて、いてもいなくても同じだ。

深い穴の底に落ちてしまった僕は、もう誰にも、見つけてもらえない。

そんな、にごった思いをぶつけるように、足元に転がっていた石ころを力いっぱい蹴り飛ばした。

その瞬間、

「痛て！」

石が変なふうに転がって、歩道脇を歩いていた男の人のふくらはぎにぶつかった。

「あっ……」

とっさに言葉が出てこなかった。

謝ろうと思ったのに、振り返ったその人の険しい表情に、喉が凍りついた。

「このガキ」

何かを口にする暇もなかった。

いきなり衝撃に襲われて、僕は歩道の上を吹っ飛んだ。

フェンスにぶつかって、がしゃんと音が響く。

傷みは感じなかった。

ただ、右頬がじんじん痺れている。

口の中が切れたのか、血の味がした。

「ぶっ殺す」

近くの中学の制服を着たその人は、目つきがおかしかった。

僕を見ているようで、見ていなかった。

これまで遭遇したことのない恐怖に、僕は叫ぶこともできなかった。

「死ねよ、くそガキ」

シャツの胸倉を掴まれて、持ち上げられる。

殺される、と思ったそのとき、ドンッという衝撃を感じたと思ったら、僕は地面に尻餅をついていた。

「弱い者イジメすんな、バカ兄！」

顔を上げると、ふたつに結んだ長い髪と、ボーダー柄のパーカーが、太陽の光でオレンジに光る。

僕をかばうように両手を広げて、中学生の前に立ちはだかったのは、女の子だった。

驚きすぎて、地面に座り込んだまま動けなかった。

この女の子も殴られてしまうんじゃないかと不安になったけど、足が震えてどうすることもできない。

喉の奥が痙攣して、助けを呼ぶことすらできなかった。

だけど、中学生は彼女を殴ったりしなかった。

震え上がりそうなほどの恐ろしい目つきを見せただけで、その場から離れていった。

ほっとしていると、女の子は学生服の背中が通りの向こうに消えたことを確認してから振り返った。

「大丈夫？」

駆け寄ってきた少女は、僕と同じくらいの背格好で、大きな瞳の中にきらきらと光を映している。

僕は、あっけにとられたまま動けなかった。

殴られた右頬を押さえた手が、だんだん熱を持っていくのがわかる。

地べたに座ったまま、ただ少女と見つめ合う。

「……ねえ」

何かの痛みをこらえるように眉をくもらせていた彼女が、不意に口を開いた。

「ねぇ、弱い人が強くなって誰かを助けたら、その助けられた人はまた強くなって、誰かを助けると思わない？」

「……は？」

突然のことに、僕はぽかんと口を開けた。

彼女の言葉は、知らない国の魔法の呪文みたいに聞こえた。

「えっと、だからね」

少女自身も困ったように唇を少し突き出す。

「弱い人が強くなって誰かを助けたら、その助けられた人はまた強くなって……」

言っていて自分でわからなくなったのかもしれない。

彼女は怒ったように僕を見た。

「とにかく、私が最初のひとりになる。だからキミは、ふたり目ね」

「え……」

彼女はしゃがみ込んで、強引に僕の小指に自分の小指を絡めた。

「ねえ、約束しようよ」

触れた指の感触に、なんだか胸が詰まる。

「次は、キミが誰かを助けてあげるの」

にこりと笑って、彼女は言った。

「きっとできる」

彼女を包み込むように背後から差す日差しが、まぶしい。

「あの」

どうにか声を出そうとしたとき、公園の中から女子の声が聞こえた。

「ナオー！　何してんのー！」

「ごめーん、今、行くー！」

僕が何かを言う前に、彼女はひらりと身をひるがえして、まるで風のように公園に戻っていった。

夢かと思うほどの、一瞬の出来事。

でも、彼女の笑い声は、たしかにすぐそこから聞こえてくる。

僕は頬の痛みも忘れて、しばらく座り込んでいた。

フェンスに手をかけ、夕日のオレンジが濃くなって、公園からばらばらと人が消えていくまで、元気に飛び回る彼女たちをずっと見ていた。

太陽が完全に溶けて消えてしまうと、不思議なことに、胸の奥のにごった感情も、きれいさっぱり溶けてなくなっていた。

玄関のドアを開けると、家の中はしんとしていた。

テレビの音も聞こえず、人が立てる物音もせず、まるでみんな消えてしまったみたいに静まり返っている。

僕は音を立てないように靴を脱いだ。

静けさに、鼓動が速くなる。

不安を覚えながらリビングのドアを開けると、そこには誰もいなかった。

テーブルには遼が食べかけたシチューがそのままの状態で置かれている。キッチンにも人の気配はない。

「お母、さん……?」

おそるおそる声を出すと、隣の子ども部屋から遼の声が聞こえた。

お母さんは入口に背を向けて座っていた。

折りたたみテーブルに何かを広げ、固まったようにそれを見つめている。

丸まった背中は、とても細い。

「どこに行ってたの」

普段と同じ声で、お母さんは振り向かずに言った。

僕は答えられなかった。

家を飛び出したときの荒々しい感情は消えていたけど、言葉が素直に口から出てこない。

僕が黙っていると、お母さんの背中がわずかに揺れた。

がさりと、何かのページをめくったような音がする。

「そう、そうよね……好きでお兄ちゃんになったわけじゃないものね」

ズキッと、胸に痛みが走った。

それは僕がさっき投げつけたセリフだ。

噛みしめるようにつぶやいたお母さんが、今何を思っているのかを考えると怖かった。

僕が勢いで言った言葉に、傷ついたのかもしれないし、ものすごく怒っているのかもしれない。

僕は折りたたみテーブルの向こうでひとり遊びをしている弟を見た。

「お母さん、僕……」

「もう九歳だと思ってたけど、まだ九歳なのよね」

がさりと、また音が聞こえる。

お母さんは背中を丸めたまま、何かをめくっている。

僕はゆっくり、折りたたみテーブルに近づいた。
広げられていたものが、目に飛び込んでくる。
それは見覚えのあるアルバムだった。
黒い台紙にはたくさんの写真が貼られている。
開かれたページに写っていたのは、生まれたばかりの赤ん坊だ。
お母さんに抱かれて笑う顔や、誕生日ケーキを前にして驚いている顔。
遼だ。
そう思った。
あまりにもそっくりだったから。
だけど、アルバムに書かれていた言葉は――。
『礼央　一歳　おめでとう』
はっと顔を上げると、お母さんの顔が目に入った。
眉を下げて、優しげな瞳を写真に落としている。
「こんなに、小さかったのにね……」
お化粧をしていない唇がわずかに震えた。
お母さんは視線を動かし、立ち尽くす僕を見た。
まっすぐな瞳に、涙がにじんでいく。

「大きくなったわね、礼央」

優しい微笑みに、どくんと心臓が鳴る。

深い暗闇にとざされた穴の底に、太陽の光が差し込んだみたいに、急に目の前が明るくなる。

「ごめんね」

不意に抱きしめられて、動けなかった。

お母さんの細い肩が震えている。

「ごめんね、礼央」

名前を呼ばれて、目の奥が熱くなった。

喉の奥が、ヒリヒリ痛む。

僕を抱きしめるお母さんの腕は、とても細い。

アルバムの中で笑う昔のお母さんよりもずっと痩せて、疲れた顔をしてる。

息ができなかった。

僕は、気がついていなかった。

僕は、自分だけが辛いんだと思っていた。

仲間たちと離れて、学校でもうまくいかなくて、ひとりぼっちで、誰も僕を見つけてくれないのだと。

でも、お母さんだって、引っ越してきて、友達もいなくて、小さな遼の世話ばかりで大変だったのかもしれない。

誰にも助けてもらえなくて、辛い気持ちをひとりで溜め込んでいたのかもしれない。

「ごめんね、礼央」

こらえようと思ったのに、涙が勝手にあふれて、頬を伝った。

「大好きよ」

【私の宝物】

お母さんが口にした言葉、アルバムの表紙に書かれている言葉が、甘く、苦く、僕の体にしみ込んでいく。

写真には、どれも手作りの飾りやコメントが丁寧に添えられていた。

笑っている僕の横に、お母さんとお父さんの笑顔。

落ちていく涙を乱暴にぬぐった。

だけど、拭《ふ》いても拭いても、涙はぼろぼろと止まらない。

自分がいらない存在だなんて、なんでそんなふうに思ったんだろう。

遼よりもずっと長い時間、僕はお母さんとお父さんから見つめられてきたのに。

テーブルの向こうから僕たちを不思議そうに見ていた遼が、転びそうになりながら近づいてくる。

ぼくも仲間に入れてというように、まだ小さな手のひらを僕に伸ばす。

僕はその手を取った。

温かくて湿った手のひらは、僕の指を意外なほど強く掴む。

「にいに」

お母さんがはっと顔を上げ、僕と目が合った。

僕の腕に掴まりながら、遼は繰り返す。

「にいに」

僕は固まった。

お兄ちゃんと、弟はまだ呼べないのだ。

守られなければ生きていけない、弱い存在なのだ。

その瞬間、女の子の顔が頭をよぎった。

瞳に光をたくさん映した、『ナオ』と呼ばれていたあの女の子。

頭の中で綿毛のようにふわふわと揺らいでいた彼女の言葉が、乾ききっていた大地に力強く根を下ろす。

——ねえ、約束しようよ——

守ってやらなきゃと思った。

僕は、強くならなきゃ——。

休み時間の廊下は、教室を移動する生徒たちで混み合っている。

行き交う制服を見て、小学生の頃に飛んでいた意識がふと戻った。

俺は拾ったペンケースを握り直して、正面で両手いっぱいに教材を抱えている彼女に目を戻した。

メガネをかけて髪を三つ編みにした彼女は、わずかに口を開けて立ちすくんでいる。

そんな彼女の顔を見たとたん、どういうわけか昔の記憶がよみがえったのだ。

たしかに、似てるかもしれない。

あのときの少女が成長したら、こういう顔立ちになっているかもしれない。

でも、そんな都合のいい偶然があるだろうか。

俺はもう半分あきらめていた。

あれから六年がたっている。

いくら隣の町に戻ってきたからといって、彼女と出会える可能性は低い。

だからきっと、あのときの少女に面立ちの似た女子生徒を見て、俺の願望が勝手に過去の記憶を引っ張り出してきたのだろう。

無言のまま、俺はペンケースを彼女の荷物の上に置いた。

そのまま、通りすぎる。

それにしても、ずいぶん昔のことを思い出したな、と思った。

懐かしさが込み上げる。

あの頃、引越しと育児ですっかり疲れきっていた母親の顔。

路上でいきなり殴りつけてきた中学生の形相。

それから……。

「ナオー！　何してるんだ」

聞こえた声に、思わず足を止めて振り返った。

「ご、ごめん」

「置いていくぞ」

「ま、待って、朝子」

先に立って廊下の奥へと歩いていくボブ頭の女には見覚えがあった。

いつも定期テストでトップを飾る、絵に描いたような優等生だけど、言動が変わっているせいもあって学年中に知られている女子生徒だ。

その隣にいる女子の存在には、これまでずっと気がつかなかった。

さっき、彼女が落としたペンケースを拾うまで。

ナオ……？

まさか、と思った。

だけど、彼女と目が合った瞬間にあのときの記憶がよみがえったのは事実だ。

まるで俺の体の細胞が、否応なしに彼女に反応したみたいに。
でもまさか本当に、彼女は小塚奈央なのだろうか。
教師やクラスメイトに聞けば、名前なんて簡単に確かめられる。
廊下に立ち尽くして彼女のうしろ姿を見ていたら、鼓動が激しくなった。
頭では冷静になれと思うのに、心臓はもう走り出している。
直感が語っていた。
俺は、とうとう見つけたんだ。
あの日のキミを——。

頑張れ、女の子

川には自浄作用というものがある。

汚れた水は、流れに従って浮き沈みを繰り返し、あちこちで岩にぶつかり、砂にろ過《か》されて、汚れを落としたきれいな水に変化する。

黒くよどんだ心も、前を向いて歩いているうちに、いつの間にか色を変えるらしい。

棚にずらりと並んだクマのぬいぐるみから、真っ黒に塗りつぶしたメモ帳をすべて取り出す。

びりびりに破きながら放っていくと、ゴミ箱はあっという間にいっぱいになってしまった。

「われながら、よくこんなに溜め込んだなぁ……」

呆れを通り越して感心してしまう。

それから私は、ゴミ箱の中身をゴミ袋に移してキュッと口を閉じた。

「よし、完了」

ふと見ると、仲良く肩を寄せ合うクマたちも、心なしホッとしているように見えた。

学校に向かい教室に入ると、朝子は相変わらず窓側の席で参考書をめくっていた。

「おはよう」と声をかけると、いつものようにすました猫のような目を私に向ける。

「おはよう、奈央」

彼女が読んでいるのは、新品の参考書のようだった。

同じ授業を受けているはずなのに、視界に入った文字が私にはただの記号にしか見えない。

「それ、新しい参考書？　前のやつ分厚かったのに、もう読んじゃったの？」

カバンの中身を机にしまいながら話しかけると、朝子は手元を見たまま答える。

「ああ、これは二年の内容で、この本じつは」

朝子がめずらしく私を振り返ったとき、背後でぴしゃーん！　と教室の扉が音を立てて開いた。

「奈央ちゃあああん！」

耳をつんざく叫び声に振り向くと、金髪のアイドル男子が駆け寄ってくる。

「ほ、星野くん、おはよう」

別れの気まずさを吹き飛ばすくらい、態度の変わらない彼に驚きつつ挨拶をすると、

「ストップ。それ以上は奈央に近づかないでいただきたい」

思いがけず、朝子が席を立った。

「あ、朝子……？」

「あん？　なんだ、お前」

私をかばうように目の前に立ちはだかった彼女は、アイドル男子の眼力にも屈せず悠然《ゆうぜん》と腕を組む。

「ちょっと約束をしたんでな。奈央に指一本触れさせるわけにはいかない」

「ああ？　お前、なんの権利があって……」

「それを言うなら、そちらだって、この子に触れていい権利なんてないはずだが」

いくら校内一のアイドル男子といえども、口では学年トップの秀才女子に敵わないらしい。

息を詰める星野彗を尻目に、私は朝子の肩を叩いた。

「ねえ、約束って……」

そのとき、教室に背の高い男子生徒が走り込んできた。

その整った風貌《ふうぼう》に、クラス中の視線が集まる。

ここ数日、二組に入り浸りだった金髪アイドルとは、正反対のカッコよさを持つ、彼。

高槻くんは息を切らせながら、焦ったように星野彗の肩を掴んだ。

「何やってんだよ、セイ」

「何って、見りゃわかるだろ？　奈央ちゃんにおはようのハグをしようと思ったら、この女が」

指を差された朝子が、つんとした表情のまま席に戻る。

「高槻礼央。その下品な頭の男に、奈央は指一本、触れさせせなかったからな」

「ああ、サンキュ、奥田」

「ど……どういうこと？」

高槻くんと朝子の間で交わされる言葉に、私はぽかんと口を開けてしまう。

ふたりの顔を交互に見ていると、秀才・朝子が机に広げていた参考書を、高槻くんに向かって掲げてみせた。

「あ、そうそう。もらった図書カードでさっそくこれを買わせていただいた」

「……ああ、そう」

高槻くんは少し決まりが悪そうに私から視線を外し、星野彗の襟首を掴む。

「ていうかセイ！　お前は振られた相手にしつこく迫ってんじゃねえよ」

暴れるアイドル男子を引きずるようにして、高槻くんは出口に向かっていく。

「うるせぇ！　俺はエンジェルチャージしねぇと死んじまうんだよ」

「知るか」

顔面偏差値トップ五のうちのふたりがそろって、クラス中が注目しているというのに、彼らはまったく意に介した様子もなく、言い争いを続けている。

星野彗は見知らぬ男子生徒のイスにしがみつき、必死に抵抗していた。

「離せレオ！　首が締まる！　殺す気か！」

「セイ、お前は他人のクラスに軽々しく入りすぎだ！」

「彼女のクラス、それすなわち俺のクラスでもある！　奈央ちゃあぁん！」

「どう考えてもお前は隣のクラスの人間だろうが！　ていうか、気安く呼ぶな！」

「なんでだよ！　奈央ちゃんはみんなのものだろ！」

すると突然、高槻くんの声がひときわ大きく響き渡った。

「俺のだ‼」

次の瞬間、教室内が、しん、と静まり返る。

視線の集中砲火で、さすがの高槻くんも動きを止めた。

無口で物静かなイメージの彼が、星野彗に向かって怒鳴っているだけでも物珍しいのに、いつものポーカーフェイスがみるみる赤くなっていく。

首まで真っ赤に染めて、高槻くんが、一瞬、私を見る。

ためらうように黒目を揺らし、彼はイスにしがみついている星野彗の首を、容赦なくホールドした。

「クソ、バカセイ！」

「ぐ、ぐるし」

うめき声を上げる星野彗を強引に教室から引きずり出し、高槻くんはそのまま廊下に消えていった。

「照れた」

「照れてた」

教室のいたるところから「高槻、照れてた」と、ぽつぽつと声が上がる。

ザワザワといつもどおりの朝の空気が戻ってくると、私は気が抜けて、落ちるように席に座った。

隣から、朝子の冷静な声が響く。

「まるで茹でダコのようだぞ」

「えっ」

慌てて両手を頬に当てた。

高槻くんに負けないくらい、私の顔も熱くなっている。

学年トップの才女は小さくため息をつき、参考書をめくりはじめた。そして、ぽつりと言う。

「先日、高槻礼央から、奈央に星野彗を近づけさせないでほしいと頼まれてな」

思いがけない朝子の告白に驚いた私は、彼女の横顔をジッと見る。

「朝子、あのグループの人たちのこと、苦手なのかと思ってた……」

私が窓から高槻くんを眺めていると、朝子はいつも呆れたように「何がそんなにいいんだ？」と冷めた目で見てきたから。

「たしかに、あの連中は褒められた性格ではなさそうだ」

教室のドアを見つめて、つまらなそうに言うと、彼女は私に目を移す。

その表情は、高槻くんに負けず劣らず感情がない。

「——だけど、高槻礼央だけは、違う」

低いつぶやきに、ドキッとした。

それは何か、特別な気持ちを予感させる言い方で、まるで恋がはじまる直前のくすぐったいような——。

「——そう、奈央が言ったんじゃないか」

口元に浮かんだ小さな笑みに、私は目を奪われた。

初めて見た、朝子の微笑み。

「奈央が好意をいだいた相手なら、信用してもいい」

そう言って、朝子は参考書に視線を落とす。

もう、いつものつんとしたすまし顔に戻っていた。

幻だったんじゃないかと思うほど、あっという間に消えてしまった一瞬の笑顔。

もしかして今、すごく貴重なものを見たんじゃ……。

と、彼女の薄い唇が、もう一度弧を描いた。

「図書カードももらったしな」

まるで魔女みたいな、何やら不健全な笑い方に、私は気が抜けてしまった。

「朝子、高槻くんに買収されたの？」

「……買収ではない。れっきとした取引だ」

取引というのは信用した相手とじゃないとできない、とかなんとか、彼女がぶつぶつ言っているうちに賑やかな教室に担任の先生が現れた。


そして放課後。

教室の掃除を終え、ほとんど人のいなくなった生徒玄関から外に出ると、冷たい風に巻きつかれた。

マフラーしてくればよかった。

気温は一段と下がって、見上げれば冬直前の晴れた空が広がっている。

首を縮めて歩いていると、校門に寄りかかる人影に気がついた。

「高槻くん！」

ポケットに両手を突っ込んで、わずかに背を丸めた彼が、こちらを見る。

「ま、待っててくれたの？」

「ああ」とうなずく彼に私は慌てる。

「寒かったんじゃない？　教室にいてもよかったのに」

「……そっか」

今、発見したというような顔で、彼は大きな目をまたたいた。

私はもう、他人の目を気にしていない。

注目を浴びること自体には慣れないけれど、前よりも堂々としていられるようになった気がする。

「帰ろう」

ポケットで温まっていた大きな手が差し出されて、私はおずおずと指を伸ばした。

互いの指先がしっかり絡んで、高槻くんの体温が流れ込んでくる。

「空気が、澄んでる」

ポツリと低い声が落ちて、私はくすぐったい気持ちに襲われた。

秋から冬にかけて空が澄んで寒さが増す代わりに、夜になれば星のきらめきが増す。

「今度、星でも観に行こうか」

私が頭に思い描いていたことを言い当てるように、高槻くんは口にした。

「あの場所で、星と飛行機を」

言いかけて、思い出したように苦い顔をする。

「……でも、違う星が出てきたら困るな」

きっと星野彗のことだ。

頬を歪めて心底嫌そうに言う高槻くんに、私はつい笑ってしまった。

真っ黄色に染まったイチョウ並木に見下ろされて、高槻くんはふと足を止める。

「もう、化粧なんてしなくても……」

私をじっと見下ろして、言葉を切る。

高槻くんは心配しているんだ。

星野彗が、私をあきらめないいんじゃないかと。

「大丈夫だよ」

校内一のアイドル男子は、きっともう、ちゃんとわかっている。

二組の教室で騒いでくれたおかげで、クラスメイトたちは私と高槻くんの関係に気がついたのだ。

あんなふうに高槻くんを挑発するような態度を取ったのは、もしかしてわざとだったんじゃないかなとも思う。

こんがらがりかけた糸を、まっすぐに伸ばした星野彗。

そんなふうに考えてしまう私は、ちょっと彼に甘すぎだろうか。

苦笑しつつ、私は高槻くんを見上げる。

「ごめんね、私、しばらくメイクは続けたい」

今まで止まっていた時間を、取り戻したいと思った。

ほかの女の子がそうしているように。

「私もちゃんと、女の子を楽しみたいなぁと思って」

そう言うと、高槻くんは小さくため息をついた。

「……心配だ」

「え」

歩き出しながら、彼は悩ましげに首を振る。

「俺は心労でハゲるかもしれない」

「ええ⁉」

「いや、冗談だけど」

「あ、じょ……じょうだん」

あまりにもさらりと言うから、びっくりしてしまった。

私の驚きぶりに苦笑すると、

「まあ、どんな強敵が現れようが、俺は絶対、あきらめないから」

高槻くんは握った手に力を込める。

「――だから、オンナノコ、頑張って」
高槻くんの顔に、混じりけのない全力の笑みが浮かぶ。
キラキラとまぶしい。
日向に咲いた、真冬のヒマワリみたいに。
だから私も、精一杯笑おう。
「うん、頑張る」
どんなに苦しいことが起きたって、高槻くんがそばにいてくれる。
朝子も……翔馬兄も。
大切な人は、変わらずそばにいてくれるのだと、わかったから。
だから、私はもう……。
自分を、あきらめたりしない。

番外編
キミのこと

だからまだキスはしない

【礼央side】

俺は最近、なんだか無性に焦っている。

秋から冬に変わる時期、空気が乾き、セーター姿の生徒が目立つようになってきた。

廊下を行き交う生徒たちの間を縫って二組の教室にたどりついたけれど、目当ての彼女はいない。

ポケットのスマホに伸ばしかけた手を止めて、俺はうしろのドアをくぐった。

「奥田」

ピンと背筋を伸ばして参考書を読んでいた、学年トップの才女がゆっくりと顔を上げる。

俺に気づくと、彼女は俺が尋ねる前に答えを述べた。

「ああ、高槻礼央。奈央なら委員会の集まりに行ったぞ」

「委員会?」

「美化委員だ」

「そっか……」

俺は心の中でため息をつき、手に持っていた英語の教科書を主が不在の机に置く。

時計に目をやると、休み時間はあと二分で終了だ。

想いが通じ合ったばかりの彼女はスマホを持っていないから、校内での連絡手段は直接会うか、奥田に伝言を頼むかしかない。

「奥田、悪いけど、俺が教科書返しに来たって――」

「お、戻ってきたな」

言われて目を向けると、奈央が廊下から入ってくるところだった。

「奈――」

俺が呼びかける前に、入り口脇の席に座っていた男子生徒が彼女に声をかける。

何やら言葉を交わすふたりの横顔が楽しげにほころんで、俺の胸はジリジリとコゲついた。

彼女は最近、やたらと男に声をかけられる。

クラスメイトだけではなく上級生、学校の外では他校のヤツらにも話しかけられる。

「あ、高槻くん」

話を終えた彼女が俺を見つけて駆け寄ってきた。

うれしそうな微笑みを見ると、波立っていた感情は驚くほど簡単に静まった。

「奈央、教科書ありがとな。助かった」

「うん」

「それで、今日の帰りなんだけど……」

彼女と放課後に出かける約束をしていると頭上でチャイムが鳴り響き、「じゃあ、あとで」と言い置いて俺はその場を去る。

二組の教室から出る間際、ドア横に座っている男子生徒と目が合った。

さっき奈央に話しかけていたヤツだ。

そいつは俺を見ると気まずそうに視線をそらして、次の授業で使う英語の教材を机の中から取り出した。


風が冷たくなるとともに、俺たちのグループは中庭ではなく学生食堂の一角で昼メシを食べるようになった。

奈央と一緒に食べることもあるけれど、ほとんど別々の場所で昼食をとっている。

今日も彼女は教室で、奥田と向かい合って弁当を広げているのだろう。

スマホを持っていない彼女とは、密な連絡が取れない。

また教室で、男に話しかけられてんじゃないか……。

ぶり返したイライラを抑えながらラーメン丼《どんぶり》を載せたトレーを持って席につくと、

横から低い声が聞こえた。

「何をカリカリしてんの、レオ」

隣の席でカツカレーを食っているのは、一年三組のアカツキこと井端暁《いばたあかつき》だ。

クラスは別だけど、いつも一緒に過ごしている五人の仲間のひとり。

アカツキはセイみたいな金髪ではないけれど、おそらく一年の中で二番目に明るい髪色をしている。

うちの学校は、たしか地毛以外認められていなかったはずだけど、セイとアカツキに関しては、どうやって頭髪検査をくぐり抜けているのか謎《なぞ》だ。

アカツキの髪は絶対に地毛とは認められないアッシュブラウンのマッシュヘアで、耳にはブラックキューービックのピアスをつけている。

ただ、アカツキは見た目も性格もセイの次にチャラいのに、セイとは決定的に違うところがある。

頭のよさだ。

俺たちの中ではダントツに成績がいいし、たしか前回の中間考査では学年五位以内に入っていたはずだ。

そんな聡明なヤツだから、「なんでもねーし」と俺が答えても、「ああ、もしかして彼女関係?」と勝手に答えを導いてしまう。

「化けたもんなぁ、あの子」

「……」

「心配なんだ?」

訳知り顔に、俺は黙ったままラーメンをすするけど……。

「キスでもすれば?」

「ぐぶっ」

あやうく麺《めん》を吹き出しそうになり、慌てて飲み込む。

「……き、キスって……」

「心配なら、キスのひとつやふたつすれば、気持ちに余裕が——って、レオ、真っ赤じゃん!」

俺の顔を見て、アカツキはケラケラと笑う。

「うっわー、レオくん純情ー」

しかも学食中に響くような声を上げるから、周囲の視線が一斉に俺たちへと集まる。

こいつは笑い上戸なのだ。

「え、なんだよアカツキ、なんの話?」

いつも一緒に行動するほかのふたりとその取り巻きの女子生徒もこちらに興味を向けてきて、俺は「なんでもねえよ」と突っぱねた。

セイが学校をサボっている日でよかった、とひそかに安堵する。

あいつが〝おもしろいものを見つけた〟ときのしつこさといったら、尋常じゃない。

「あははは！　レオ、かわいーな！」

「アカツキ、笑いすぎ」

「ひー、ごめんごめん」

目尻《めじり》に浮かんだ涙をぬぐい、ふとアカツキは真顔になった。

「でも、お互いの気持ちをしっかりつなぎ止めておくためには有効かもよ、キ・ス」

中性的な顔にいたずらっぽい笑みを浮かべて、笑い上戸なマッシュヘア男はカツカレーを口に運ぶ。

『キス』という単語を強調するもんだから、俺は思わずカチンとくる。

ところが、アカツキは話すのをやめない。

「ほら、人恋しい季節になってきたし？　彼女との距離が縮まれば、ほかの男が入る隙もなくなるんじゃね？」

もぐもぐと口を動かしながら、ヤツはひとり納得したようにうなずいている。

「うん、それがいい。しちゃえよキス！」

そう言うけど……告白し直して正式に付き合いはじめてから、まだ一週間だぞ。

ラーメンに浮かんだナルトを見つめながら、俺の頭の中も渦を巻いていく。

脳裏に、ふわりと微笑む奈央の姿が浮かんだ。

少しのことで顔を真っ赤にする彼女は、そんなに積極的なタイプには見えない。

俺だって、今は手をつなぐので精一杯だっつーの。

「なんならキスのその先もありかもよ。もうすぐ恋人たちの季節だし？」

ほかのヤツが言ったら卑猥《ひわい》にしか聞こえない内容も、アカツキが微笑んで言うと神聖な儀式みたいに聞こえる。

こいつは、性格、髪色や服装もチャラいけれど、顔立ちが無駄に爽《さわ》やかなのだ。

つるんとした肌に丸い目と厚めの唇を持つアカツキは、男性ホルモンをどこかに置き忘れてきたみたいにかわいい顔立ちをしている。

身長は俺とそう変わらないけど、線が細くて顔が小さいから、アッシュブラウンの髪色もマッシュカットもモデルみたいによく似合っていた。

その顔で笑い上戸だから、まわりから『微笑み王子』と呼ばれているけど俺にはそうは見えない。

俺の目には……。

「押し倒したモン勝ちだぞ、レオ」

その笑顔が、悪魔の微笑にしか見えないのだった。

放課後になって、俺は奈央を迎えに二組に向かった。
ところが、掃除をはじめている室内に彼女の姿がない。
無意識にスマホに手を伸ばしかけ、我に返る。
登録されているのは奈央の自宅の電話番号と、パソコンのメールアドレスだけ。
どちらに連絡しても、今、彼女本人を捕まえることはできない。
俺は仕方なく、学年トップの才女の背中を探した。
幸い奥田は掃除当番だったようで、背伸びをして黒板を拭いているところだった。
「奥田、奈央を知らないか？」
俺の声に振り返り、彼女は表情を変えずに言う。
「ああ、高槻礼央か。奈央なら六組にキミを迎えに行ったが？」
「えっ⁉」
しまった、入れ違ったのか。
「サンキュ」と礼を言って、俺は廊下を引き返した。
下校する生徒たちの波をかき分けるようにして、廊下を逆行する。
というか、なんで入れ違いになるんだ？
二組から六組までは、まっすぐの一本道なのに。
両側からお互いが歩いていけば、すれ違うときに必ず気がつくはずだ。

校内ではぐれると、彼女を見つけるのは大変だった。

ケータイとかスマホとか文明《ぶんめい》の利器《りき》ってすげえな、と改めて思っていると、廊下の真ん中にある階段付近から、彼女がひょっこり姿を現した。

「あ、高槻くん」

「奈央……」

にこりと微笑む彼女を見て、肩の力が抜ける。

「今、二組に行ったら、こっちに向かったって聞いて」

「あ、ごめん。ちょっと洗面所に寄ってて」

「そっか」

並んで歩き出しながら、俺は小さな彼女を見下ろした。

なんかもう、飼い猫みたいに首に鈴でもつけておきてえな。

黒髪に隠れる白い喉元を見ながら思う。

そうすれば鈴の音でどこにいるかわかるし、ほかの男にも俺の存在をしっかりとアピールできる――。なんて考えている自分にゾッとした。

彼女に首輪をつけたいなんて、危ないヤツか俺は。

「わーすごいね、黄色の雪が積もったみたい！」

奈央の無邪気な声に、我に返る。

風がイチョウの葉を散らして、並木道はあたり一面鮮やかな黄色に染まっていた。
「ほんとだ、すげーな」
渦巻いていた気持ちが、すっと落ちつく。
彼女と目が合うと、どちらからともなく笑い合った。
俺が手を差し出せば、彼女は上目づかいで俺を見て、恥ずかしそうに指を絡ませる。
照れた仕草がかわいくて、俺はつないだ手をギュッと握りしめた。
奈央は気づいているだろうか。
日に日に俺の中で膨らんでいく、あさましい独占欲に。
その冷えた小さな手のひらを、一瞬でも離したくないと思っていることに。
——キスでもすれば？
不意にアカツキの言葉が頭をよぎる。
隣に立つ彼女の、桜の花びらみたいな唇に目が引き寄せられる。
白い頬は寒さのせいかほんの少し赤みを帯びていて、無意識に指先が動いた。
「高槻……くん？」
黒い瞳に見つめ返され、ハッと我に返る。
頬に添えていた手を慌てて離した。
「あっ、ごめん」

「え、う、うん」

顔を真っ赤に染めて、彼女は恥ずかしそうにうつむく。

その姿を見て、俺の頬も空気の冷たさを忘れるくらい熱く燃え上がった。

何やってんだ俺は！

並木通りにはちらほらと下校中の生徒がいる。

幸い、俺の行動を気にするヤツはいなかったけれど、もし知り合いでも通りかかったら、からかわれるどころの騒ぎじゃない。

はあっと吐息をこぼして、俺は足を踏み出した。

「……行こうか」

「う、うん」

ぎこちない空気が漂いはじめ、俺たちは駅までしばらく無言だった。


電車で向かった繁華街には、学校帰りの学生がたくさんいた。

他校の学生服を着た男連中にカップル、男女混合の集団、いろいろな制服が入り混じって賑やかだ。

奈央とはよく一緒に下校するけれど、俺には遼を迎えに行くというミッションがあるから、地元の公園や俺の家で話をして帰ることが多い。

でも、今日は母親の仕事が休みだから、俺が遼を迎えに行く必要がない。

月に一度あるかないかの貴重な時間なのに、この季節の太陽はせっかちだ。

ショップめぐりをしてカフェでゆっくり話をし終えると、空はあっという間に暗くなってしまった。

ふと愛用しているペンが切れていたことを思い出し、駅に戻る前に文房具店に寄る。

「すぐ買ってくるから、ちょっと待ってて」

彼女を店に入ってすぐのところで待たせて、俺は広い店内の奥へと走った。

目当てのものを見つけて会計を済ませ、自動ドアのところへ戻ってくるまでに、五分とかかっていないはずだ。

ところが、そこに彼女の姿はなかった。

「奈央？」

俺はあたりを見まわした。

明るい店内とは対照的に、店の外には闇が下りている。

雑貨でも見てるのかな……と店の中をくまなく探したけれど、彼女の姿はない。

俺は反射的にスマホを取り出し、でもすぐまたポケットに戻した。

どこに行ったんだ？

自動ドアをくぐり抜け、冷えた夜空の下に出る。
すっかり日が沈んでいたけれど、街灯や店の灯《あ》かりで周囲は明るい。
目の前には信号と横断歩道があり、通行量の多い二車線の道路が走っている。
行き交う車の音を聞きながら、俺は通行人がひしめく歩道を見渡した。
「奈央？」
姿の見えない彼女に、だんだん焦りがつのっていく。
「ちょっと待ってて」と言ったとき、「うん」と微笑んだ彼女を思い出す。
奈央が俺に何も言わず、勝手にどこかに行くとは思えない。
まさか、誘拐なんてことはないだろうし……。
俺はもう一度スマホを取り出した。
一応、彼女の家に電話してみるか――？
いや、でも……。
考えながら、もう一度あたりに目を向けた瞬間、
「高槻くん！」
遠くのほうから声が聞こえて、俺は振り返った。
目の前の横断歩道を渡った先、彼女は車が往来する通りの向こう側にいた。
よく見ると、キャスターつきの大きな荷物を持った老女から、しきりに頭を下げら

れている。

ああ、なんだ、と息をついた。

おそらく奈央は、あのばあさんが横断歩道を渡るのを助けてやったのだろう。状況を見てそう理解した俺は、老女と笑顔で別れる彼女を眺めながら、信号が青になるのを待った。

通行人も車も多く、赤信号はなかなか変わらない。

通りを挟んでいるとはいえ、目の前に彼女が立っているのに俺は焦《じ》れていた。自分の体の半分を失ったみたいに、気持ちが落ちつかない。

早く、彼女の隣に立たないと――。

そのときだ。

近くの男子校の制服を着た男がふたり、彼女に近づいて声をかけた。

ふたりとも明るい髪色で、そこそこシャレた雰囲気だ。

表面上の爽やかな笑みを浮かべ、慣れた感じで奈央に笑いかけている。

ナンパ、だ。

一瞬で胸が焦げつく。

拳を握りしめ、今すぐにでも飛び出したいのに、こんなときに限って信号は変わらない。

奈央は困ったように何度も首を振り、誘いを断っているようだった。

距離を取ろうとする彼女の肩に、ひとりの男が馴れ馴れしく手をまわした。

「あの野郎っ」

俺の怒りに同調したように車道側の信号が赤に変わり、俺はだいぶフライングをして横断歩道に飛び出した。

通りを全力で突っきり、男の手から奈央を奪い返す。

あっけにとられている男たちを、刺し貫く勢いで睨みつけた。

俺の気迫に、男たちがあとずさる。

「えっ、なんだよ、ほんとに彼氏いたのかよ」

猛獣を前にしたみたいに怯えた目で俺を見ると、ふたり組は「失礼しましたー！」と逃げていった。

ホッと肩の力を抜いて奈央を見下ろす。

「大丈夫か？」

「あ、うん。びっくりしたけど、平気」

彼女は『彼氏が待ってるから』と言って断っていたらしいけど、相手の男たちがしつこかったようだ。

「高槻くん、カッコよかった」

頬を赤らめてうれしそうに言う彼女に、耳の奥で何かが、ボン、と破裂した。
俺は彼女の手を取って、すぐそばの路地裏に入った。
薄暗く狭い通りの壁に押しつけるようにして、彼女を見下ろす。
「高槻くん……？」
──キスのひとつやふたつすれば……。
アカツキの言葉が頭の中を駆けめぐる。
不思議そうに俺を見上げる彼女のかたわらに手をついて、そのまま身をかがめた。
彼女の、柔らかそうな唇めがけて……。
ひと気のない路地裏の暗がりでキスのひとつやふたつ──。
頭の中のイメージと反対に、俺は彼女に〝壁ドン〟したまま固まっていた。
至近距離で見つめられ、体が動かない。
奈央の澄んだ瞳に、体中の筋肉がこわばる。
なんだこれ……！
すげー緊張する！
「高槻、くん？」
「ご、ごめん」
俺は慌てて彼女から離れた。

全身の血流が速くなるのを感じる。

ドクドクとうるさいほどの鼓動、やけどでもしたように顔が熱い。

暗がりでよかったと思った。

俺は今、きっと赤信号みたいに全身真っ赤だ。

アカツキの黒い微笑が思い浮かぶ。

――キスでもすれば？

あいつは〝簡単〟という口調で言っていたけど、そんな簡単にできねーよ！

きょとんと俺を見上げている彼女の手を取り、俺は情けない気持ちを隠して笑顔を向ける。

「……帰ろっか」

「うん」

彼女は、瞬きをしてから優しくうなずいた。

そんな仕草ひとつで、胸が焼けつきそうになる。

奈央が隣にいるだけで、俺はいつか真っ黒に焦げて灰になるんじゃないかと思った。

「……あんなん、心臓が持たねーよ」

食堂の端の席で、ひとりため息をつきながらスタミナ丼をかき込んでいると、

「何、たそがれちゃってんの？」

隣の席にアカツキがやってきた。

手に持ったトレーにはカレーが載っている。

「アカツキお前、昨日もカレー食ってたじゃん」

「昨日はカツカレー、今日はハンバーグカレー」

誇らしげに言うと、マッシュ頭のピアス男は目ざとく言う。

「ていうか、レオ。またなんかへこんでない？」

「別に……」

余計なことは言うまいと口をつぐんだのに、アカツキは「ははーん」と片方の口角をつり上げる。

「キス、うまくいかなかったんだ？」

なんでわかるんだ、こいつ。

無言のまま横目で睨むと、アカツキはケラケラと笑い出した。

「レオってばヘタレだなー！　あははは！」

「だから、アカツキ笑いすぎ」

昨日のことを思い出して俺がむくれると、アカツキは「ごめんごめん」と笑いを引っ込め、

「いやー純情なレオくんの爪《つめ》の垢《あか》を煎《せん》じて、セイに飲ませてやりたいなぁ」

そう続けた。

少し離れた場所で、セイが仲間のふたりと取り巻きの女子たちを巻き込んで騒いでいる。

あのグループの中にいるときは何も感じないけど、こうやって外から眺めると改めて目立つ連中だなと思った。

つねにテンションの高いセイを中心にできあがった大きな輪。

別に嫌いじゃないけど、たまにはひとりで静かに考えたいときもある。

五人の仲間はそれぞれマイペースだ。

集まってバカをやることもあれば、グループから離れて好きなように過ごすことだってある。

笑い声のやかましいアカツキも、集団の中にいながらひとりで音楽を聞いていたり、ひとり黙々と勉強していたりと、だいぶ自由に振る舞っている。

「もうさ、拝み倒せばいいんじゃん？」

ふいに放たれた言葉に、俺は眉を寄せた。

「は？」

アカツキはスプーンでカレーをすくいながら、子どもみたいに笑う。

「真剣な顔で〝頼みがあるんだ〟って言ってさ、キスさしてもらいなよ」

「なんだよ、それ……」

『微笑み王子』は「あはは」と、本気とも冗談ともつかない笑い声を上げると、

「彼女だって待ってるかもよ？」

また悪魔の微笑を浮かべたのだった。


放課後、二組に迎えに行ったら奈央はいなかった。

ざわめく教室の中、机のフックにカバンだけが残されている。

例のごとく学年トップの才女に聞こうとしたら、こちらはカバンごと見当たらない。どうやら奥田は帰宅してしまったようだ。

清掃のためのイスを机に積み上げる作業がはじまり、俺は奈央の席の近くにいた女子生徒に声をかけた。

「あの、小塚奈央、どこ行ったか知らない？」

掃除用具入れからほうきを取り出していた女子生徒は驚いたように目を見張り、そのまま固まった。

「……あの？」

俺の声で、彼女はハッとしたように奈央の机を見る。

「あ、ああ、小塚さんなら、さっき五十嵐《いがらし》くんに連れられて出ていったけど」

「五十嵐？」

「うん、このクラスの男子で……」

「もしかして、廊下側の一番うしろの席のヤツ？」

尋ねると、女子生徒は〝そうだ〟と言うように何度もうなずいた。

俺は無人のその席を振り返った。

奈央によく話しかけていた男が座っていた席だ。

「どこ行ったか知ってる？」

「そこまでは、ちょっと……」

「そっか、ありがと」

短く礼を言い、俺は教室を飛び出した。

どこに行ったんだ？

ていうか、彼氏持ちの女子をなんの用で連れ出すってんだよ。

廊下を走りながら、ザワザワと胸が波立つ。

すれ違う生徒たちのなかに奈央を捜すけれど、それらしき姿はない。

一年の廊下を端から端まで駆け抜けて、立ち止まった。

冷静になれ、と自分に言い聞かせる。

広い校舎をやみくもに走りまわっても、見つかるわけがない。

放課後、男子が女子を呼び出しそうな場所といったらどこがある？

部活に向かう連中や帰宅するヤツらとすれ違いながら、俺はなるべく人がいなさそうな場所を探した。

中庭、空き教室、校舎裏……屋上も捜しに行ったけれど、ドアに鍵がかかっていて入れない。

「……クソッ」

俺はスマホを取り出した。

できることならこんな方法は取りたくなかった。

番号を呼び出して、耳に当てる。

しばらくして、《ほーい》と甲高い声が聞こえた。

「セイ……お前、今どこにいる？」

《ああ？　今、教室出たとこだけどー？》

「奈央を見つけんの、手伝ってほしいんだけど」

セイは野生児並みに妙に勘の鋭いところがある。

顔が広いから情報も入ってきやすいし、人でも物でもセイが求めると、不思議と目の前に現れることが多いのだ。

《え、奈央ちゃん？　奈央ちゃんなら今、見えてるけど》

「は⁉」

俺はスマホに痛いほど耳を押しつけた。

「どこだよ？」

《どこって、六組の前にひとりで立ってるけど》

六組って俺のクラスじゃねーか。

俺は慌ててきびすを返す。

「セイ、サンキュ」

礼を言って切ろうとしたら、ヘラヘラと浮ついた声が聞こえてきた。

《奈央ちゃん、今日も食べちゃいたいくらいかわいいね》

「だー！　待て待て待て！」

叫びながら、俺は転がり落ちるようにして階段を駆け下りた。


セイの言うとおり、奈央は六組の前の廊下にぽつんと立っていた。

息を切らしながら現れた俺を、「大丈夫？」と心配そうに見上げる。

「セイは……？」

肩で息をしながら聞くと、奈央は首をひねった。

「星野くん？　来てないよ」

「……」

クソ……あいつ、からかいやがった。

その場に崩れ落ちそうになり、俺は長くて深いため息をついた。

一年の教室のある廊下には人の気配がなく、がらんとした空間に冷えた空気だけが漂っている。

奈央の白い頬は、ほんのり赤くなっていた。

どこか、寒いところにいたのか……？

クラスの男と、どんな話をしていたんだよ。

聞きたいのに聞けないまま、気がつくと勝手に指が動いていた。

廊下の窓から斜めに差し込む太陽が、彼女をオレンジ色に照らしている。

触れた頬は冷たかった。

――もう拝み倒せばいいんじゃん？

また、アカツキの言葉が頭の中に浮かぶ。

「高槻くん？」

「奈央、頼みがあるんだ」

彼女の細い肩を掴んで、俺は表情を引きしめた。

こんなふうにいつまでも焦っていたら、俺は本当に灰になってしまう。

「こんなこと、俺から言うのもどうかと思うけど……」

——真剣な顔で頼みがあるんだって言ってさ。

アカツキの悪魔の微笑を思い出しながら、俺を見上げる奈央を見つめる。

その白い喉に目がとまった。

鈴をつけられないのなら、せめて——。

「スマホ、持ってくれないか……?」

絞り出すようにそう言うと、奈央はぱちくりと目を瞬かせた。

「連絡が取れないと、いろいろ不安で……」

彼女の肩に掴まりながら、俺はうなだれる。

心臓も、体力も、この調子じゃいつまで持つかわからない。

しばらく沈黙が続いて、彼女がこくんとうなずいた。

「うん、持つ。持つよ！　私も欲しいって思ってたの」

俺が顔を上げると、うれしそうに笑っている彼女が目に入った。

「本当はね、買おうって何度も思ってたの。でもせっかく買っても、全然鳴らなかったら寂しいなって思って……」

スマホは持ってほしいけど、連絡先はほかの男に教えなくていいから。

そう言いそうになって、グッとこらえる。

欲望ってやつは際限を知らない。

ひとつの欲求が満たされても、すぐにまた別の欲求が生じるのだから……。

「……寂しくないよ。俺が鳴らすし」

「うん！」

微笑む彼女を危うく抱きしめそうになり、俺は掴んでいた華奢《きゃしゃ》な肩を離した。

「……帰ろうか」

「うん」

廊下を歩き出そうとしたら、彼女の手がするりと俺の腕にまわってきた。

手をつなぐのではなく、直に体が触れる……腕組み。

恥ずかしそうに笑いながら絡みついてきた彼女に、顔面が火を噴く。

「えへへ、密着」

俺はとっさに顔をそらした。心臓が激しく脈打っている。

触れた腕を通して鼓動が伝わりはしないかと焦る。

それから、〝ああ、結局同じなんだ〟と思った。

スマホを持たせたり、たとえその首に鈴をつけたとしても、結局俺は、彼女に焦がされてしまうのだ。

「あのね、今日大変なことが発覚したの」

並木道の黄色い絨毯の上を歩きながら、奈央は真剣な表情を浮かべる。

「うちのクラスの男子がね、高槻くんのことを好きらしくて、最初は共通の高槻くん話で盛り上がっていたのに、『負けないから』って宣戦布告されちゃったの。どうしよう、私、頑張らなきゃ」

さらりととんでもない言葉を放たれたのだが、俺は何も言えなかった。

腕に感じる彼女のぬくもりで、すべての思考が麻痺状態だったから……。

奈央は知っているだろうか。

その仕草や表情に、俺がつねに焦がされていることを。

ブレザー越しに触れるぬくもりにさえ、溶け落ちそうになっていることを。

こんなんじゃ、直接触れ合ったらいったいどうなってしまうのか。

ふと、アカツキの悪魔の微笑が思い浮かんだ。

——彼女との距離が縮まれば、ほかの男が入る隙もなくなるんじゃね？

「私、負けないから」

気合いを入れるようにうなずく彼女を見下ろして、俺は心の中でつぶやく。

心配しなくても、俺はキミに夢中だよ。

触れ合えば、燃え尽きて灰になってしまうくらいに。

「高槻くん？　どうかした？」

真っ黒な瞳をキラキラさせて、奈央が俺を見る。

信頼とか愛情とか……たくさんの気持ちが詰め込まれた視線を受け止めて、俺は思わず笑う。

「なんでもないよ」

少しでも踏み出してしまったら、俺はきっと我を忘れて暴走するだろう。

冷静でいられる自信はまったくない。

……だから、まだキスはしなくてもいいか。

黄色のイチョウ並木は、駅までまっすぐ続いている。

俺たちの道は、はじまったばかりだ。

少しのことで飛んだり跳ねたりする心臓が、穏やかに幸せを感じられるようになるまで、ゆっくりゆっくり、進んでいけばいい。

こうやってふたり並んでいられるだけで、今の俺は十分に幸福なのだから。

今はまだ……ね。

彼女は今日もよくしゃべる

【朝子side】


この世界にはさまざまな生き物がいるけれど、それらは大きく二種類に分けられる。

オスであるか、メスであるか、だ。

中には、かたつむりみたいにオスとメスの器官をあわせ持つ雌雄同体《しゆうどうたい》もいるけれど、
それらは例外として考える。

「あの……」

人間も、もちろん男と女に分けられ、後世《こうせい》に子孫を残すなら、その違いだけあれば十分なのだ。

「ねえ、あの」

体細胞分裂《たいさいぼうぶんれつ》、染色体《せんしょくたい》、減数分裂《げんすうぶんれつ》……。

生物の教科書をめくりながら思考をめぐらせていたら、急に肩を叩かれた。

「あの、消しゴム、落としたよ」

振り向くと、そこには制服のスカートをはいた〝生物学上メス〟の姿がある。

「どうも」

差し出された消しゴムを受け取って再び教科書に目を戻そうとしたら、拾ってくれた彼女が慌てたように言葉を続けた。

「あの、私……隣の席の小塚奈央っていうんだけど……」

〝生物学上メス〟改め小塚奈央は、メガネの奥の目を細めてぎこちなく笑う。

「……生物室、移動しなくていいの？」

周囲を見まわすと、教室に残っているのは私と彼女のふたりだけだった。

この高校では、生物の授業時間には生物室へと移動する決まりになっている。

入学してから二週間がたつけれど、休み時間のたびに高校の新しい教科書を読み込んでしまい、気がつくとまわりで起こっていることに気づかないことが多かった。

私としたことが、気が緩んでいる。

「すまない、細胞分裂の仕組みに夢中になっていて……」

小塚奈央は今日の日直で、教室が無人になったのを確認して鍵をかけなければならなかったらしい。

廊下を歩きながら詫《わ》びると、彼女は首を振った。

「え、ううん。奥田さんて、いつも休み時間に勉強してて偉いよね」

「偉い？　別に普通のことだと思うが」

小塚奈央は苦笑いを浮かべ、肩をすくめた。

「やっぱり頭がいい人は言うことが違うね。奥田さん、入学直後の学力テストで一番だったんでしょ？」

「テストでは一番だったが、私は頭がいいわけではない」

まだまだ努力は足りていない。

第一志望だった高校に落ち、滑り止めで受験したこの学校に入ったのだ。

大学は志望校へ行けるように、今から時間を無駄にするわけにはいかない。

一年二組の教室から生物室に行くには、まわり道をしなければならなかった。

階段を下り、渡り廊下を渡って隣の棟に入る。

人の少ない廊下を急ぎ足に歩いていると、小塚奈央がチラッと私を見た。

「やっぱり、奥田さんてちょっと変わってるね。しゃべり方もおもしろいし」

「そうだろうか」

変わっている、と言われても、自分を他人と比べたことがないからわからない。

不思議なことを言う女子だなと思っていると、生物室のドアを開ける間際になって、彼女はにっこり笑った。

「奥田さん、また話しかけてもいい？」

一瞬、あっけにとられた。

そんなの、別に許可を取ることではないじゃないか。

「……好きにしていい」

私の返事を聞くと、彼女はうれしそうに自分の席へと走っていった。

隣の席の『生物学上メス』――もとい、小塚奈央は、度の入っていないメガネをかけている。

いつだったか、「なんでそんな意味のないものをかけているのか」と聞いたら、彼女は「少しでも地味でいるため」と答えた。

やっぱり、ヘンな女子だ。

誰とも話さないでいいように、影の薄い存在でいたいらしい。

そのくせ、私には怒涛《どとう》のごとく話しかけてくる。

「今朝ね、来る途中の並木道に仔猫《こ》がいてね、茶色いシマシマがかわいくてね、ミャーミャー鳴いててすっごく人懐っこいの！　拾ってこようかと思った」

「拾ってきても、この学校では飼えないだろうな」

「そうなんだよね。だから、黒髪を引かれる思いで仔猫から離れたんだけど……」

「うしろ髪を引かれる思い、な」

「あ、そうか。で、やっぱり気になって振り返ってみたら、男子生徒が葉っぱでその仔猫をじゃらしててね、もうすごく胸キュンだったの！」

「それは仔猫のじゃれる姿に胸キュンなのか、それとも男子生徒が猫にかまっているという意外性に胸キュンなのか、そのあたりを明確に……」

「その人、同じ学年の高槻礼央くんていうんだけど、やっぱり高槻くんは優しい人なんだなぁって思って！　ね、カッコいいよね？」

「優しいのがイコールカッコいい、ということには、必ずしもならないと思うが」

教科書のページをめくりながら言うと、小塚奈央は「もう」と声を尖らせる。

「奥田さんはツッコミどころがズレてる」

「それを言うなら、キミはツッコミどころがありすぎる」

生物の授業があったあの日以来、私は休み時間のたびに小塚奈央に話しかけられるようになっていた。

話の大半はまるっきりどうでもいいことだから、私も聞き流していればいいものを、彼女はよく言葉の使い方を間違えることもあり、ついつい合いの手を入れてしまう。

彼女は学校で目立たず地味に生きていくために髪を三つ編みに結い、伊達メガネをかけ、ひと昔前の模範生徒のような格好をして自分の存在を薄めようとしていた。

周囲に〝根クラ〟だと思い込ませたいらしい。

しかし私は腑に落ちない。

「どう考えても根クラ詐欺だ」

「え？」

私の席のかたわらに立つ彼女を見すえる。

「本当は、いろいろとしゃべりたくてたまらないんだろう？　その調子で、ほかの人間にも話しかけてみればいいじゃないか」

そう言ったとたん、小塚奈央は目を伏せた。

上履きのつま先についたわずかな汚れを、視線でぬぐおうとするかのように、ジッと見つめる。

「いいの。嫌われるのが怖いから……」

私は眉をひそめた。

「なぜ、話をしたくらいで嫌われる心配をする？」

彼女が何を恐れているのかわからない。

すると、彼女は足元を見つめたままモゴモゴと話しはじめた。

「相手の気に食わないことを言っちゃうかもしれないし、ウザいって思われるかもしれないし、地味なヤツには近寄られたくないって子もいると思うから……」

どういう意味だろう。

言われた言葉を理解できず、私は考え込む。

「私はキミに話しかけられても、何も思わないが？」

きっぱり言い放つと、小塚奈央は泣き笑いのような表情を見せた。

「ありがとう。でも、奥田さんみたいに強い人ばっかりじゃないんだよ……」

何が違うと言うのだろう。

女子は女子だ。

私に話しかけようが別の女子に話しかけようが、大きな違いはないはずなのに……。


下校時間になり駅に向かってひとりで並木道を歩いていると、数人の女子生徒が沿道で騒いでいた。

「きゃーかわいい」

「写真撮ろ」

「誰か食べ物持ってないー？」

彼女たちの視線の先には、民家の軒先でモンシロチョウを追いかけている仔猫の姿があった。

茶色のトラ猫。

なるほど、小塚奈央が言っていた猫に違いない。

ひとしきり写真を撮って満足した女子たちが「ばいばーい」とその場を離れても、

猫はかまわずひとり遊びを続けていた。

玄関先に赤い花のプランターを飾ったその家の隣には、細い通りを挟んで小さな神社がある。

仔猫は花のある家で飼われているのか、それでなければ神社を根城《ねじろ》にしているのかもしれない。

通りすぎようとして横目で見た瞬間、宝石のように光る大きな瞳と目が合った。

なんとなく足を止めてしまう。

フワフワの毛のかたまりは、片手で持てそうなほど小さくて軽そうだ。

生まれてからどれくらいなんだろう。

近くに親猫がいないことを不思議に思いながら仔猫を見下ろしていると、仔猫が飛んでいくモンシロチョウを捕まえようとして大ジャンプをした。

モンシロチョウはひらりと猫の攻撃をかわし、飛び去ってしまう。

獲物を失った仔猫は着地に失敗して、ボールのようにごろんと転がった。

猫とは思えない動きに、思わず吹き出してしまう。

「間抜けだな、お前は」

つぶやくと、猫は恥ずかしさを紛らわせるように「ミャー」と鳴いて近づいてきた。

ピンと尾を張ってすり寄ってくる仔猫を、おそるおそる撫でてみる。

その柔らかさに驚いて手を引っ込めると、猫は不満そうに私の腕に体をこすりつけてきた。

毛むくじゃらで、温かい。

……まあ、猫はたしかにかわいいな。

うれしそうに仔猫の話をしていた小塚奈央の顔を思い出しながら、私はしばらくトラ猫のフサフサな体を撫でまわしていた。


次の日、朝のSHRがはじまる前に、昨日の下校途中で会った仔猫の話をすると、小塚奈央は頭突きをする勢いで飛びついてきた。

「えー！　トラ太に会ったの？　帰りは朝にいる場所では見かけないんだよー。どこにいた？」

「トラ太？」

「うん、トラ太」

顔を輝かせる彼女は、いつの間にやら仔猫に名前をつけていたらしい。

「ねえねえ奥田さん、今日、一緒に帰ろうよ。トラ太にお土産持ってきてるんだ」

「どうでもいいが、トラ太は語呂《ごろ》が悪いな。呼びづらい」

「えー、そんなことないよー」

担任が教室に来ると、小塚奈央は急いで自分の机に戻っていく。

隣の席の彼女は、授業中、眠っているかのように気配を感じさせないけれど、休み時間や昼休みになると相変わらずよくしゃべった。

「わ、高槻くんだ。やっぱりカッコいいなー」

教室の中から廊下を通りがかる男子生徒を見つけては、うっとりとため息をつき、

「今日のお弁当はね、自分で詰めてきたんだよ。ポイントはこのバランの配置」

自分で作ったわけじゃないのか、というツッコミを待っているとしか思えないダメな自慢をし、

「奥田さんの髪の毛ってサラサラだよね。キノコっぽくて見てると収穫したくなる」

ときどき不可解な言動を放つこともある。

とにかく、どうでもいい話ばかり。

「キミは勉強しなくていいのか？」

もうすぐ読み終わる現代文の教科書をめくりながら尋ねると、小塚奈央は頬を引きつらせた。

「あ……ごめん。私、邪魔？」

それまでの楽しげな様子が嘘のように彼女は青ざめた。

そのひどく怯えた表情に、私は面食らう。

「いや、邪魔ではないが……勉強しているところを見たことがないから」

「ああ、えへへ、私、頭が悪いから、教科書を読んでるだけで頭痛がしてくるの」

彼女はホッと息をつくと、私の教科書に目を落とした。

「奥田さんはすごいよね。勉強をしっかりしながら、私の話もちゃんと聞いている。どうやったらそんな器用なことができるの？」

「頭の半分で文章を読みながら、もう半分で話を聞いているだけだ」

「な……何、その聖徳太子《しょうとくたいし》もびっくりな超人テクニック」

「いや、聖徳太子のほうがすごいだろ……」

私は、一度に十人の話を聞き分けられる自信はない。

そう言うと、小塚奈央は安心したように笑った。


入学した頃は裸に近かったイチョウも、少しずつ緑の葉をつけていき、風が吹けばざわめくようになった。

仔猫が過ごしている神社の短い参道脇は、今、ツツジが満開だ。

トラ太を見つけてから一週間、小塚奈央は登校時と下校時の一日二回、エサを与えている。

自宅で猫を飼っているわけでもないのに、わざわざキャットフードを買ったというのだから驚きだ。

「トラ太、おいでおいで」

エサをくれる人間がわかるのか、仔猫は彼女によく懐いていて、彼女の制服をよじ登って肩にまで乗るようになっていた。

「ほら、奥田さん、かわいいね」

柔らかな体を差し出されて、私はためらう。

「抱っこしてみなよ」

仔猫は背中から小塚奈央に抱えられて、だらりと両足を垂らしていた。

無防備な体勢のまま、きょとんと私を見る仔猫。

「まあ、たしかに猫はかわいい」

「ほらほら、持ってみて」

押しつけられる形で猫を抱くと、あまりの柔らかさにギョッとした。

まるで軟体動物《なんたいどうぶつ》だ。

「ね、気持ちいいでしょ？」

小塚奈央の言うとおり、柔らかな毛と温かな体温には、触れる者の気持ちを和ませる効果があるようだ。

ぬくもりを感じていると、仔猫は不思議そうに私を見上げ「ミャオ」と鳴いた。

私としたことが、思わず頬を緩めてしまう。

猫の存在はこれまで何度も目にしてきたけれど、こんなにも愛しい存在だとは思いもしなかった。

「猫とはかわいいものなんだな」

ふかふかの仔猫を抱えながらしみじみ言うと、小塚奈央は「だよねー！」とうれしそうに笑った。


それから二日後、事件は起きた。

その日は、朝から雨が降っていた。

遅刻ギリギリで教室に駆け込んできた小塚奈央は、目立ちたくないという本人の希望とは裏腹に、一種異様な空気をかもし出していた。

傘をさしていなかったのか雨に濡れ、メガネはくもり、髪は乱れて靴下は泥で汚れている。

すぐに席についた彼女は、担任の目に特別留まることもなく授業を受けた。

休み時間に「どうしたんだ？」と私が尋ねると、彼女は表情を崩した。

泣きそうな顔だった。

「トラ太がいなくなっちゃった」

「いなくなった？」

「いつもみたいに『ごはんだよ』って呼んでも出てこなくて。探したんだけど、どこにも見当たらないの」

唇を噛みしめた彼女はとても思いつめていて、私は不思議だった。

「どこかに出かけているんじゃないのか？」

「あんなに小さいのにそんなに離れたところに行くかな。雨も降っているのに」

小塚奈央は声を震わせて、落ちつきなく視線を動かす。

「帰りも探すつもりだけど、いなかったらどうしよう」

机の上で両手を組み、祈るような仕草をする。

どうしてそんなに必死になっているのか、私にはわからなかった。

どうせ野良猫なのだから、いなくなったらなったで仕方がないじゃないか。

そう思ったけれど、なぜか口にはできなかった。

そして放課後になると、小塚奈央はひとりで仔猫を探しに行った。

ほかにも仔猫の存在をかわいがっていた生徒はいたはずだけど、小塚奈央ほど熱心に世話を焼いていた生徒はいなかったらしい。

並木道の仔猫がいなくなったという噂話は聞かなかったし、そもそも仔猫の話題すら耳に入らなかった。

翌日、「今朝もいなかった」と肩を落として登校してきた彼女に、私はなぐさめのつもりで言った。

「仕方ないさ。猫ならそのへんにいるほかの猫をかわいがればいい」

小塚奈央は一瞬驚いたように目を丸め、それから首を振った。

「でも、トラ太がケガしてどこかで動けなくなっていたら、かわいそうだし……」

それから口をつぐみ、考え込むように自分の机に座ってしまった。

まるで、自分の体の一部を失ったような落ち込み方だ。

彼女の頭の中で、あの仔猫はどういう位置づけだったのだろうと疑問に思う。

猫は猫じゃないか。

そこらじゅうにいる野良猫のうちの一匹だ。

猫に触りたいのなら触らせてくれる猫を探せばいいし、猫カフェに行くという手もある。

毛並みが特別めずらしかったわけでもないし、ごく普通の野良猫だったあの仔猫がいなくなったからといって、心を痛める必要はない。

代わりの猫がたくさんいるのだから。

そう思っても、見るからに沈み込んでいる彼女を前にすると何も言えず、私はただ黙って数学の教科書に目を落とした。

その翌日から三日間、小塚奈央は学校を休んだ。

クラスメイトにとって彼女は取るに足らない存在らしく、その不在に気づく者はひとりもいない。

しかし、私はいつもとの違いを強く意識せざるを得なかった。

小塚奈央がいないと、驚くほど静かなのだ。

始業前も、休み時間も、昼休みも……機関銃のように話しかけられることがなく、頭をフルで勉強に向けられる。

これ幸いと、私は現代文の教科書に目を落とした。

このまま読みきって、買ったばかりの新しい参考書に手をつけるのだ。

そう思ったのに、なぜか気持ちがそわそわして、頭が働かない。

勉強に集中できる絶好のチャンスだというのに、教科書の文言は目で追うそばからバラバラに崩れていく。

不思議に思い、私は現代文の教科書を机にしまって数学を取り出した。

だけど、同じだった。

演習問題を解こうとしても、書かれている公式がちっとも頭に入ってこない。

英語も、世界史も、生物も、化学も、ページをめくればめくるほど理解できず、焦りばかりが膨らんでいく。

おかしい。勉強に集中できないなんて。

こんなことは初めてだった。

頭は冷静なはずなのに、気持ちがついていかないのだ。

まるで胸にぽっかりと穴が開いて、すきま風が通っているみたいに……。

なぜだろう。

この学校に入学してからの二週間も、小塚奈央に話しかけられるようになったあとも、私は変わらないペースで知識を吸収してきた。

それが小塚奈央の声がなくなったとたん、気持ちが浮き足立つのはどういうわけなのか。


この日の放課後も雨だった。

梅雨に入り、じっとりとした空気が肌にまとわりつく。

傘をさしながら、私は神社の周囲をぐるりと歩いた。

灰色に沈んだ境内と五メートルもない参道に、すっかり花を落としたツツジ。

トラ猫の姿はどこにもない。

もちろん、小塚奈央の姿も……。

しとしとと降る細かな霧雨《きりさめ》は傘だけでは防ぎきれず、制服が濡れて水をふくんだ分、体が重くなっていく。

「どこか別のねぐらを見つけただけじゃないのか……？」

湿った地面を駆けまわる仔猫を思い浮かべながら、もう一度あたりを見まわした。

静まり返った境内に、雨音だけが響いている。

ぬかるんだ地面のせいで、靴がどろだらけだ。

私はあきらめて参道に戻った。

三段しかない石階段を下りようとしたところで、目の前を傘をさしたおばさんが通りかかる。

買い物袋を下げたその人は、神社を通りすぎ、プランターが並べられた家の前で立ち止まった。

私は思わず彼女を目で追った。

細長い茎の先に赤いチョウが群がっているみたいな華やかな花は、ゼラニウムだろうか。

仔猫がモンシロチョウを追いかけて遊んでいた、あの花の家。

おばさんは門をくぐり抜けると、ひさしの下で傘をたたんだ。

住人かもしれない。

気がついたら体が動いていた。

「すみません」

私の声に、玄関を開けようとしていたおばさんが驚いたように振り返る。

私は勢いのまま尋ねた。

「このあたりにいた猫、知りませんか」

「え、猫?」

おばさんの視線を追うと、玄関脇にある小さな窓の向こうに猫の姿があった。

室内から外を眺めている、毛並みの白い猫だ。

この家で飼っているらしい。

「あ、いえ、茶色いシマ模様の仔猫です」

「え、ああ、あの仔猫……」

思い当たることがあるらしく、おばさんの表情が一気に暗くなった。

眉間にシワを寄せたその辛そうな顔に、心臓がドクンと反応する。

「誰かが神社に捨てたのよ。ひどいことするわよねぇ」

つぶやいて、彼女は窓辺にうずくまる白猫を悲しそうに見つめた。

「それでこの間、道路に飛び出して……」

頭のうしろを、硬く重い石で殴りつけられたような衝撃に襲われた。

肺をつぶされたように、呼吸ができない。

雨の音に混じって、おばさんの声が遠い。

「かわいそうにね、車に轢《ひ》かれたのよ」

フワフワの茶色い毛並みが、脳裏に弾けた。

小さな体で必死に飛び跳ねて、モンシロチョウを追いかける姿。

抱き上げると、そのまま崩れ落ちてしまうんじゃないかと思うほど柔らかかった体。

細い声で鳴いて、不思議そうに私を見上げた顔。

……ああ、あの仔猫は死んだのか。

そう思った瞬間、霧雨に包まれた。

自分でさしていた傘が、なぜか足元に転がっている。

灰色の空がそのまま落ちてきて、視界が霞《かすみ》んだ。

よろめいて塀《へい》に手をつくと、プランターの赤い花が目に飛び込んでくる。

不思議な光景だった。

花びらに点々と雨のしずくを溜めてうつむくゼラニウムが、泣いているように見えるのはなぜだろう。

「あらあら、大丈夫？」

声をかけられて顔を上げた拍子に、雨とは違うしずくが頬を伝った。

心配そうに私を見るおばさんの顔と、そのうしろの窓から冷めた目で私を見ている白猫。

柔らかそうな毛並みは、よく手入れをされているのか、つややかで美しい。

毛だるまみたいだったあの仔猫とは全然違う。

――トラ太、おいでおいで。

小塚奈央の声が、頭の中で響く。

仔猫のふかふかの体を抱きしめると、気持ちがほどけてしまいそうだった。

『猫』は、それだけで癒される動物なのだと思っていた。

「トラ、太」

声にならなかった。

喉の奥の痛みに顔をしかめる。

――猫は猫じゃないいか。

トラ太の姿が見えなくなって不安そうにしていた小塚奈央を見て、私はそう思った。

でも、そうではなかった。

窓辺の白い猫は、トラ太ではない。

猫という生き物はこの世の中にたくさんいても、私に愛しいぬくもりを教えてくれたトラ太は、この世界に一匹だけだった。

視界がぼやけていく。

小さな生きものとのつながりが断ち切れて、初めて自分の心が見える。

あの仔猫は、ほかの猫とは違う、私にとって特別な存在になっていたのだ。

ねじれるような胸の痛みに、なすすべはない。

霧雨は降り注ぐ。

世界中の悲しみを包み込むように、柔らかく、温かく、夏の準備が整うまで土に優しく染み込んでいく。


この世にはさまざまな生き物がいるけれど、それらと私の関係は、ふとしたことで変わってしまう。

名前を呼んだせいではないかと思う。

一晩考えて出た結論が、それだった。

ただの『猫』にすぎなかったのに、『トラ太』と名前を呼んだ瞬間から、ほかの猫にはない、私と固有の関係を結んだ猫になった。

それはきっと、人間でも同じだ。

三日ぶりに小塚奈央が登校してきた。

「おはよう、奥田さん」

休む前と変わらない笑顔を覗かせた彼女は、祖父の葬式があったのだと、聞いてもいないのに自分から休んだ理由を説明した。

「死んじゃうって不思議。おじいちゃん、ただ眠っているだけに見えた」

心持ち沈んだ口調ではあるものの、祖父の死はきちんと心の中で折り合いがついているらしく、彼女は元気そうだった。

その証拠に、また息もつかせぬおしゃべりがはじまる。

「私が休んでる間、変わったことあった？　クラスの人は全然私のことに気づいてなかったでしょ？　私、いてもいなくても同じだもんなぁ。あ、でもそのおかげで三日休んでも普通に登校できたけどね。ほら、何日か休んだあとって妙に教室に入りづらいことあるでしょ？」

トラ太のことは私に話さないことにしたのか何も言わないけれど、彼女は相変わらず怒涛のごとく言葉を発する。

教科書のページをめくりながら、私は思わず苦笑してしまった。

「やっぱり、キミの無駄話はちょうどいい」

「え⁉　何それどういう意味」

慌てた声に、私の脳はおもしろいほど英単語を吸収していく。

「勉強に集中するためには、ほどよい雑音が必要らしい」

「えっ、それ、私が雑音ってこと⁉」

「ああ、そうだった」

思い立って、私は教科書を閉じた。

突然私が振り返ったからか、小塚奈央は驚いたように身を引く。

「ど、どうしたの？」

「トラ太のことだが」

彼女はハッと息をのんだ。

「トラ太、見つかった？」

苦しげな表情をする小塚奈央を見つめて、私はカバンからスマホを取り出した。

学校にいる間はほとんど電源を切っているそれを操作して、アルバムを表示する。

「今、うちにいる」

「ええ⁉」

神社にいる頃と変わらない、三角形の大きな耳と愛くるしい瞳。

写し出されたトラ太の写真に、彼女は目を見張った。

無理もない。

私は慣れない手つきで画面を操作し、インターネットのとある掲示板を開く。

そこにはたくさんの猫の写真と名前、月齢や性格、全国にいる猫の情報が細かく書き込まれている。

「ほら、ここに登録しようと思って」

私がスマホを差し出すと、彼女は不器用に画面をスクロールする。

「里親……募集サイト？」

「うちでトラ太を引き取って、里親を探すことにした」

画面を食い入るように見たかと思うと、小塚奈央は噛みつく勢いで顔を寄せてきた。

「な、何がどうして!?」

「姿が見えなくなったのは、交通事故にあって動物病院に入院していたかららしい」

小塚奈央は目を丸めた。

まるで猫みたいなまん丸の瞳だ。

私もあのときはきっと、同じ顔をしていたに違いない。

『道路に飛び出して……かわいそうにね車に轢かれたのよ』

ゼラニウムを飾った家のおばさんの話には、続きがあったのだ。

『私が慌てて動物病院に連れていったら、幸い軽い骨折で済んでね。今は入院してるんだけど飼い主もいないしねぇ、退院しても神社に戻すわけにはいかないでしょう。だから病院のほうで里親を探してもらえないかって話をしてるんだけど……』

私はその動物病院に連れて行ってもらい、ギプスでうしろ足を固定されたトラ太と再会したのだ。

骨折をしていてもトラ太は元気そうで、私の顔を見るなり「ミャー」と鳴いた。

予想もしない展開に、小塚奈央は詰めていた息を盛大に吐き出した。

「そっか……そっかぁ」

気が抜けたようにイスにもたれかかる。

一介の猫にすぎないトラ太をそこまで心配したり安心したりする彼女のことも、今なら理解できる。

ほかの人間と極力接触しないように生きているからか、小塚奈央は誰かとの〝特別な関係〟をとても大切にするのかもしれない。

「ありがとう、奥田さん」

ふわりと微笑む彼女から目をそらし、私はあたりを見まわした。

一年二組の教室には、三十九の席がある。

在籍するどの生徒も、私とはクラスメイトという関係にすぎない。

そこには、男子と女子の違いがあるだけ。

そう思っていたけれど……。

「朝子、と呼んでくれてかまわない」

私が静かに言うと、たっぷり五秒もたってから反応が返ってくる。

「……えぇっ⁉」

メガネの奥でまばたきを繰り返す彼女は、少々理解しがたいところもある。

「私も奈央と呼ばせてもらおう」

でも、彼女と特別な関係を築くのも悪くない。

しばらくぽかんとしていた奈央が、うれしそうにうなずいた。

「うん、朝子」

何がうれしいのか、彼女は「朝子、朝子」と繰り返す。

「……無駄に呼ぶのはやめてくれないか」

「うん、ごめんね朝子……あ」

私のため息に、奈央は照れたように笑った。

自分の席に向き直り、私は閉じていた教科書を開く。

すると隣から、弾んだ声が次々に繰り出される。

「朝子、あのね、トラ太にあげていたキャットフードが余っているから、明日学校に持ってくるね！　それでさ、今日のお昼なんだけど――」

ああ、ほらもう……。

彼女は今日も、よくしゃべる。

特別書き下ろし
番外編

何があっても、キミとなら

昼休みを迎えてざわつく教室の隅で、私は二つ折りにした用紙を両手で持ち直した。祈りを込めるように額に近づけて「お願いします」と口の中でつぶやく。

窓の外には青空が広がっているけれど、校舎のすぐそばに立つ桜の木はすべての葉を落とし、ゴツゴツした木肌がむき出しだった。

窓ガラスから外気が染み込んで、窓側はひんやりしている。でも、私の手が震えているのは、寒さのせいじゃない。

「奈央。いい加減見たらどうだ。そうやって待ってても、結果は変わらない」

席についている朝子が参考書から顔を上げて面倒そうにつぶやいた。

「わかってる。でも……」

用紙を開こうとしても、心臓がばくばくうるさくてなかなか勇気が出ないのだ。

「急かすなよ奥田。奈央だって心の準備が必要なんだから」

隣に立つ高槻くんが私をかばうように言ってくれるけれど、彼もまた落ちつかない様子で足踏みをしていた。

それもそのはず、この紙切れに書かれた内容次第で、私と彼の今後の過ごし方が決まってしまうのだ。

十二月中旬、クリスマスやらお正月やら大きなイベントが目白押しの冬休みが、来週からはじまる。

「ごめんね高槻くん。私が情けないせいでこんなことに……」

「なんでだよ。奈央は頑張っただろ」

「だけど」

「じれったいなぁ。俺が見てあげようか？」

伸びてきた手にひょいと用紙を奪われて、あっと声が漏れる。

高槻くんの向こう側から顔を覗かせたのは、砂色の髪をマッシュカットにしたややらと顔が小さな男子生徒だ。

さっきから教室中の女子の視線が注がれているのは、高槻くんに加えて彼がここにいるせいだった。

「アカツキ。お前には関係ないだろ。ていうか、なんでここにいるんだよ」

「えーひどいなぁ、関係あるじゃん。奈央ちゃんに手取り足取り教えたのは俺なんだから」

モデルのようにすらりとした体型の彼は、私から取り上げた用紙をひらりと揺らし整った顔にほどけそうな微笑みを浮かべた。

教室の方々から女子の黄色い声が飛び、同時に刺すような視線も感じて、私は笑みを返しながら高槻くんの陰に隠れる。

とろけるような微笑みでたくさんの女子を魅了する彼、アカツキくんは微笑み王子と呼ばれていて顔面偏差値トップ五のひとりだ。そんな彼が高槻くんと一緒に教室にいるものだから、二組の女子たちの視線を集めるのは当然だった。

といっても私には「高槻くんのみならず微笑み王子にまでちょっかい出すとかありえないんだけど」という彼女たちの心の声が聞こえる。

違うし私は高槻くん一筋だもん、と心の中だけで唱えていると、

「手取り足取りじゃないだろ！」

高槻くんが苛立ったように言って、微笑み王子から用紙を奪った。

「妙な言い方すんじゃねー」

私に用紙を戻しながら、高槻くんは「な」と言って同意を求めるように私にうなずきかける。

「う、うん」

曖昧に笑いながら、でも、と思う。

たしかに、アカツキくんにはいろいろなことを教えてもらったのだ。

だから彼にも、この中身を見る権利はある。

手の中の用紙に目を落とす。私と高槻くんの運命を握る、小さな紙切れ。

神様、お願い。

どんなに努力をしたところで、結局最後にすがるのは神様だ。そう思いながら、私は三人を順番に見つめて、そっと用紙を開いた。


ことのはじまりは一ヶ月前。

いつものように高槻くんと一緒に下校して帰宅したあと、夕食のテーブルについたときだった。

「ねえ、お母さん。お願いがあるの」

三人分の料理を運び終えたお母さんが席についたところで、私は思い切って切り出した。生姜焼きをほおばりながらテレビを見ていた翔馬兄が、ちらりと視線をよこしたのを感じながら。

「スマホが欲しいんだけど、今、お金がなくて……」

パソコンで調べて目玉が飛び出しそうになった端末代を思い浮かべながら、おそるおそる視線を注ぐと、お母さんはお茶碗《ちゃわん》を置いて静かに私を見た。

「どうして急に？　ずっと必要ないって言い張ってたじゃない」

そう。じつは高校に入ったときに受験勉強を頑張ったお祝いとしてスマホを買ってあげると言われたのに、私はそれを断ってしまったのだ。スマホなんて持っても、どうせ連絡先を交換する友達なんてできないだろうと思ったから。

「スマホよりもパソコンがいいって言うから、ノートパソコンを買ってあげたんじゃない」

「そう、なんだけど……」

静かな口調ながら、お母さんの声がだんだんと硬くとがっていくのがわかった。普段は優しいし声を荒らげることもないけれど、一度怒るとズバズバと容赦なく痛いところを突いてくる。

「自分で言ったんだから、せめて二年生になるまでスマホは我慢しなさい」

それじゃあ遅すぎる！

唇を噛みながら、私は学校の廊下で真剣な目をしていた高槻くんを思い出した。スマホを持ってくれないか、と言いづらそうに口にした彼にはきっと、私がスマホを持っていないせいで不便な思いをさせている。

来月から冬休みに入るし、高槻くんと学校で会えなくなったら連絡手段は家の電話とパソコンのメールだけだ。

スマホでリアルタイムに返信するなんて、自由を奪われているみたいでまったくよさを感じなかったけれど、連絡を取りたいときにすぐに高槻くんの声が聞けたらどんなにうれしいだろう。

そんなことを考えると、お母さんの怒りをどうにか静めてスマホを手に入れなければと思った。

「最近友達ができて、連絡取るのに必要だから、どうしても欲しくて」

「……奈央、最近ずいぶん雰囲気変わってきたけど、友達ってどういうお友達なの？」

「え……」

「あなた、高校に入ってからテストの結果がずっと悪いわよね？」

千切りのキャベツを箸《はし》ですくい上げながら、お母さんは冷ややかな目で私を見る。

「スマホを持ってお友達と遊んでたら、ますます成績が落ちるんじゃない？」

「そ、そんなことは……」

「前回のテストが何番だったか覚えてる？」

ビリから数えたほうが早かったのを思い出しながら、返す言葉が見つからなかった。

「勉強、頑張るから……」

どうにか口にした声が我ながら弱々しい。勉強を頑張るなんて、まったく説得力のないセリフだった。二学期の後半に入って、私はすでに授業についていけていない。

それをわかっているお母さんは、呆れたように息をつく。

「あきらめなさい。これまで大丈夫だったんだから、あと四ヶ月くらいスマホがなくても平気でしょ」

そういうわけにはいかないのに!

反論したくても成績のことを出されると何も言い返せない。むうと唇を突き出して、目の前で湯気を立てているごはんを睨みつける。

どうにかお母さんを説得する方法はないだろうか。自分で買うにはあまりにも高すぎるし、そもそも月々の支払いのことを考えるとどうしたってお母さんに助けてもらうしかない。

それとも、アルバイトをするべき? でもそれじゃ高槻くんとの時間が……。ぐるぐると考えていると、「奈央」と斜め前から声がした。

翔馬兄が箸をくわえながら、バカにしたように私を見る。

「前回のテストって十五位くらいだったんだよな? ビリから数えて」

「……な、なんで知ってるの」

目をそらしてもごもご口を動かすと、翔馬兄はいきなり箸を伸ばして私のお皿からひょいとお肉を一枚奪った。

「あ! 何すんの」

「ヘルプ代な」

「へ？」

口の中に放り込み、もぐもぐ顎を動かして、飲みこんでしまう。

「私のお肉……」

絶望的な気分で上下する喉を見ていたら、横暴な兄は勝ち誇ったように視線をよこしてからお母さんに目を移した。

「高校って、もうすぐ期末テストの時期じゃん？　その結果がよかったら買ってやるっていうのは？」

「え……」

ぽかんと口を開ける私をちらりと見やり、翔馬兄はにやりと笑う。

「たとえば上位何パーセントに食い込んだらとか、条件決めてさ。そうすれば成績上がるし、スマホも持てるし万々歳《ばんばんざい》じゃん」

「なっ」

ムリムリムリ！

立ち上がりそうな勢いで首を横に振る私を横目で見て、お母さんが「そうねえ」とつぶやく。

「え、いや」

「たしかに、頑張るって口で言われるより実際に数字で見たほうがわかりやすいわねえ」

「だろ？」とお母さんに笑いかけてから、翔馬兄は私を振り返る。

「欲しいものを手に入れるために重要なのは交渉だぞ、奈央。自分はココまでやるからって、まず明示しねーと」

簡単に言わないで！

勉強すればいいだけじゃん、と言う兄を信じられない思いで見つめた。

私は優等生だった翔馬兄とは違って、もともと勉強よりも体育が得意なアクティブタイプなのだ。たった一ヶ月で成績を上げるなんて、絶対に無理！

心の中で叫んだけれど、時すでに遅し。

お母さんはにっこりと微笑んで言った。

「そうね。今度のテストで半分より上だったら、ご褒美にスマホを買ってあげてもいいわよ」

半分か……。だいぶ厳しいなと思っていると、

「その代わり、半分以下だったら、冬休みは塾に通ってもらうからね」

「えっ⁉」

「ほら、ちょうどコレ。駅前で配ってたの」

そう言って、お母さんは棚から塾のパンフレットを取り出す。さっと血の気が引いた。冬期講習と書かれているそれには、毎日のようにカリキュラムが組まれている。

「ちょ、ちょっと待って」

もし塾に通うことになったら、冬休みは丸つぶれだ。

「よし、そうしましょう！　決まりね」

「いや、ま」

「頑張れよー奈央」

うれしそうに食事を再開するお母さんと、なぜか満足げな兄に笑いかけられながら、私は自分の意見を言う間もないまま、交渉が成立してしまったことを理解した。

「勉強って言ったって、どこから手をつければいいか……」

夕飯を終えてお風呂に入り、ひとまず机に向かったはいいけれど、気がつくとパソコンでネットをしている。条件反射のように握ってしまうマウスを放り出し、叫んだ。

「ああ、ダメだ！　集中できない！」

ノートパソコンを閉じてクローゼットの中にしまい込み、ごちゃごちゃしていた机回りを整理していたら、それだけで一時間が経過していた。

無情に時間を刻んでいく時計を見つめながら、焦りばかりが募っていく。

「大丈夫、まだ一ヶ月あるし……」

自分に言い聞かせるようにつぶやいて、机の底から発掘された古い写真や手紙なんかを眺めている間に、ますます時間だけが経過していった。

「って、何やってんだろ」

小学生時代の思い出をふたたび引き出しにしまい込み、今度こそ教科書を広げた。

「とりあえず、今日やった内容の復習しよう」

マウスの代わりにシャープペンシルを手にしたものの、勉強の習慣がなかったせいか五分ともたなかった。

ハッと顔を上げるとカーテンの隙間から光が差し込んでいる。机に突っ伏していたせいで背中が痛い。

「うそ……」

朝日の眩しさに目まいを覚えながら、私は自力で勉強することの限界を感じたのだった。


「というわけで、お願い！　勉強教えて」

拝みこむように頭を下げると、朝子はきょとんとまばたきをした。

「まあ、べつに私はかまわないが」

放課後の教室で、帰ろうとしていた朝子がカバンに教科書をしまっていた手を止めた。

「勉強なんて、教科書を読んでいれば自然とできる気もするが……」

そんな驚きの発言をする彼女にほんのりイヤな予感を抱いた私は、そのあとすぐに自分の直感が正しかったことを悟ることになった。

「これとこれ、わかりやすいから読んでみるといい」

渡された参考書はやたらと分厚くて細かな文字がびっしり詰まっている。

「一時間もあれば読めるだろ。わからないところがあったら聞いてくれ」

朝子は涼しい顔で言うと、「仕事をしてくる」と続けて並んだ書棚の向こうに消えてしまった。

ほとんど足を踏み入れたことのない放課後の図書室は、人がまばらだ。図書委員の朝子は見えないところで本の並べ替えをしているようで、遠くから微かな物音がするだけだった。

暖房が効いているのに、しんとしているせいか妙に肌寒い。こんな中で分厚い参考書を広げたところで頭に入るはずがなかった。というか、そもそもこんなにびっちり文字が詰まった本を読んだことはない。

最初の三行を読んだところから全然進まず、気がつくと同じ文字を何度も目でなぞっている状態だ。

「進んでいるか？」

朝子が戻ってきたときには、私はイスに座って参考書を広げたまま完全に凍りついていた。

「どうした？　わからないところがあったか？」

「わからないところが、わかりません……」

「は？　どういう意味だ」

両手に持っていた本をどさりと机に置いて、朝子が参考書を覗き込む。

「この参考書は索引がとても充実してるから、教科書の項目に照らし合わせて読むとわかりやすいんだ」

そうやって解説をはじめる朝子の言葉が、何ひとつ頭にひっかからず、右から左へと抜けていく。

「ほら、こうすれば簡単だろ」

「う、うん……」

そうだね、とうなずきながら、心の中でダメだと思った。

朝子は頭がよすぎて、勉強ができない人間の気持ちがわからないのだ。

「これで完璧だろ」

めずらしく笑顔を見せる彼女の好意に水を差すような気がして、それ以上「わからない」とは言えなくなってしまった。

「とりあえず、今日はこの辺にしとく。ありがとね、朝子」

私は曖昧に笑いながら自分の勉強のできなさに、改めてため息をついた。


「というわけで、勉強しなくちゃいけなくて……」

翌日の帰り道。

高槻くんは歩道の隅に溜まったイチョウの葉をよけながら私を見た。

「そっか。なんかごめんな。俺がスマホ持ってくれなんて頼んだせいで」

「ううん。それがなくても塾の話はされてたと思うから……」

ふたりで並木道を歩きながら冷たい風に首を縮めていると、高槻くんが「ん」とポケットに入れていた手を差し出してくれた。

「ありがとう」

私の手をすっぽり包んでしまう大きな手は、指が長くてちょっとゴツゴツしていて温かい。

手をつないで歩くことにも、だいぶ慣れてきたかもしれない。

最初の頃は指が触れるだけでドキドキして大変だったけれど、今では心臓がバカみたいに騒ぐこともなくなった。その代わり、一度つなぐと離れたくなくなるくらい、彼のぬくもりはぴったりと私の中に溶け込む。

「高槻くんて、体温高いよね」

「え……なんか恥ずかしいな、それ」

私のほうをちらりと振り返って、彼は大きな目を気まずそうにそらした。

「恥ずかしい？　どうして」

「体温高いとか、子どもみたいじゃん」

「えーそうかな」

「そうだよ」

すねたように口を尖らす高槻くんがかわいくて、つい笑ってしまった。

こんなふうにふたりで他愛のない会話ができる下校時間は、私にとってとても大切で、お気に入りのひとときだ。できればもっと長く一緒にいたいけれど、それを言ったらきっと彼を困らせてしまう。

「俺が勉強見られればいいんだけど……。といっても成績は中の中だから、大したことは教えられないけど」

遼くんのお迎えがあるから、放課後の高槻くんとの時間はどうしても限られてくる。

「うちのマンションに行っても、遼がいたら勉強の邪魔だしな」

「私、集中力がないからなぁ……。周りに気を取られずどんな環境にいても集中できるって、本当にすごいよね」

　教室で息を吸うように勉強している隣の席の朝子を思い出しながら口にした。どんなに私がしゃべりかけようとも、彼女は頭の中できちんと英語を文節ごとに訳し、数学の問題を解いている。

　ふと、高槻くんが考え込むように目線を上げた。

「どうかしたの？」

「いや……成績上位で集中力のすごいヤツが、ひとりいたなと思って」

「へえ、だれだれ？」

　朝子のほかにもそんなふうに勉強できる人間がいるのか。興味を引かれて質問すると、高槻くんの唇がつまらなそうに歪んだ。

「……アカツキ」

「あかつき……て、微笑み王子？」

「そう。あいつ、仲間といるときとか、カラオケにみんなで行ったときとかでも、マイペースに勉強してる」

　高槻くんの言葉で脳裏に浮かんだのは、金に近い明るい髪色をした背の高い男子生徒だ。すらりと細身な上に顔が恐ろしく小さくモデルみたいな風貌をしている彼は、とてもよく笑うから『微笑み王子』と呼ばれている。

たしか隣の三組だったはずだ。といっても接点がないから、私は話したことがない。

「アカツキって、結構人に教えるのも好きっぽいんだよな。トワとかもよく教わってるし……」

顔面偏差値トップ五のほかのメンバーの名前を出して、高槻くんは「けどなあ」とうなるように目をつぶる。

「アカツキくんって、成績いいの？」

「前回のテストでは学年で二位だったってさ」

「ええっ!!　すごい頭いいんだ」

「まあ、俺らの中では一番できるかな」

「そうなんだ……」

自分の勉強のできなさ加減に自分で呆れていたところだから、成績のいい人は無条件でリスペクトの対象だった。

歩きながら何気なく「勉強教えてくれないかなぁ、微笑み王子」と口にすると、高槻くんは私を見下ろして小さくため息をついた。

「……仕方ない。頼んでみるか」

「え、何か頼みづらい感じなの？　だったら全然平気だよ。ほかにも何か方法があるはずだし」

「いや……なんか個人的にイヤっていうか。余計なこと言いそうっていうか……」

めずらしく歯切れ悪く答えると、高槻くんはポケットからスマホを取り出し片手だけで器用に操作をはじめた。

「うわ、返信早っ」

小さくつぶやき、吹き出しがたくさん並んだ画面を私のほうへ見せる。

「オッケー、だってさ」

そこには、カレーパンをかたどったアニメのヒーローキャラクターがウィンクしている巨大な絵文字が踊っていた。

さらに翌日、高槻くんと一緒に遼くんを迎えに行って彼のマンションで待っていたら、玄関のチャイムが鳴った。

「どうも初めまして。井端です」

リビングに現れたアカツキくん——こと井端暁くんは、高槻くんとも星野くんとも違ったキラキラしたオーラを放っていた。

「初めまして、小塚です」

挨拶を返すと、にこりと微笑んでくれる。

高槻くんはクールでカッコいいし、星野くんはアイドルみたいなスター感がある。ふたりとも間違いなくイケメンだけどどことなく近寄りがたいのに対して、アカツキくんは笑みを浮かべているせいかふわふわと柔らかい印象だった。

モデルのようにスタイル抜群で耳にはピアスも開いているけど、くりくりした丸い大きな目がかわいくて、こちらの警戒心を薄れさせるというか……。

「あー！　あっくん！」

「お、遼、久しぶりー。元気にしてたかー？」

長い脚に絡みつく遼くんの頭をわしわし撫で、彼はカバンを置いた。

「で、成績上げたいんだって？　小塚さん」

遊ぼうと飛びつく遼くんを上手にいなしながら、アカツキくんはダイニングテーブルの隣のイスを引く。

「前回のテスト結果はどれくらい？」

「え……」

「現状把握しておかないと。人によって教え方も全然違ってくるから」

見た目の派手さは星野くんと負けず劣らずなのに、言ってることは天と地ほども違うと思った。説得力のある言葉に、私はおずおずと自分の成績を答える。

「苦手科目は？」

「全体的に……。でもとくに挙げるとしたら、数学と英語、です」

すぐ近くでふっと吐息のような声がした。隣に座ったアカツキくんがほどけそうに笑っている。

「敬語、いらないよ」

「アカツキ!」

鋭い声が飛んだと思ったら、両手にマグカップを持った高槻くんがキッチンから姿を現した。

「なに隣に座ってんだよ。お前はここ!」

四人がけテーブルにマグカップを置いて、反対側のイスを引き出す。

「えー、なぜ対角線上。教えづらいじゃん」

「うるさい。文句言うな。ほら、コーヒー淹れてやったから」

アカツキくんと入れ替わるように隣に来ると、高槻くんは私にもマグカップを差し出してくれる。

「奈央はココアでいい?」

「うん、ありがとう」

「うわ、にがっ! これブラックじゃん。砂糖と牛乳入れてよ。それか俺もココアがいい」

「甘ったれたこと言ってんな！」

「レオひどい」

ふたりのやり取りに見入ってしまった。

高槻くんが星野くん以外の男子とこんなにしゃべっているところは、あんまり見たことがない。普段は無口な雰囲気の彼も、友達と一緒にいるときはよくしゃべるんだなぁなんて思っていると、高槻くんと目が合った。

「ん、何？」

はっきり二重の目をぱちくりする彼に、私は笑いかける。

「仲いいなぁと思って」

「はっ⁉」

「そうそう、俺ら仲良しだもんなぁ」

すかさず笑みを広げるアカツキくんは、なんだか人懐っこい猫みたいな感じだ。そんな彼の袖を遼くんが引っ張る。

「あっくん、まだ？」

「ああ、ほら。遼はこれ一緒にやろう」

彼はリビングの本棚から小学生向けのドリルを持ってきた。「漢字当てゲームな」と言って、勉強という言葉を使わないところに感心してしまう。

「ん？　なに小塚さん」

私の視線に気づき、アカツキくんはまたふわりと微笑む。

「いや……アカツキくんて、コミュニケーション能力がすごいなと思って」

「あはは、何それ」

「私も見習いたい。というか、ごめんね、私の勉強に付き合わせて」

壁のない彼には友達も多そうだし、もしかしたら彼女だっているのかもしれないのに、これから数週間、放課後の貴重な時間を奪ってしまうのだ。

「小塚さんのためというよりは、レオのためだしね」

「え？」

教科書をぱらぱらめくりながら、アカツキくんは顔全体で笑った。

「恋人たちの貴重な冬休みを、つぶさせるわけには――」

「アカツキ！」

ガタンとイスを倒す勢いで立ちあがった高槻くんが、微笑み王子のほうへ身を乗り出す。そこにはめずらしく笑みが浮かんでいた。ただし、頬がひきつっているけれど。

「余計なこと、言うんじゃねーよ」

頬を痙攣させながら笑う高槻くんを見て、微笑み王子は「ぷっ」と吹き出した。それから「はいはい」とペンケースを引き寄せる。

「じゃあはじめよっか。本当は授業でつまずいたところからじっくりやりたいとこだけど、時間も限られてるから範囲をしぼっていこう」

「は、はい。お願いします」

「今度のテスト範囲の中で重要なポイントは――」

勉強の進め方や方向性を話してから、アカツキくんはスマホでアラームをセットした。

「時間を決めてやったほうが効率いいから」

微笑み王子の勉強方法は何もかもが効率的で、私は目からウロコが落ちてばかりだった。

ついでだからと、高槻くんが授業でわからなかったという公式を解説したり、遼くんの算数の問題を興味がそそられる言葉に置き換えて説明したり。

とにかく、アカツキくんは人に教えるのが上手だ。

「なんだか私、今ならものすごくいい点が取れるような気がする……！」

「あはは、たった一時間勉強しただけだよ」

「やべ、外真っ暗じゃん。奈央、そろそろ帰らないとまずいだろ。駅まで送る。アカツキはどうする？」

窓にカーテンを引きながら振り返った高槻くんに、微笑み王子は頬杖をついて隣の席を見やる。

「レオが戻ってくるまで遼を見てるよ。また明日ね、奈央ちゃん」

「奈央ちゃんとか呼んでんな！」

「はいはい。暗がりでオオカミに変身しないようにね、レオくん」

「しねーよ！」

顔を真っ赤にして叫ぶ高槻くんにケラケラと笑みを返し、微笑み王子は「じゃあね」と手を振った。


十八時をすぎると外はもう真っ暗だ。駅への道を歩きながら、冷えた空気から素肌を隠すようにマフラーに首を埋めた。

「寒ーい！　もうすぐ十二月だもんね」

外灯が照らす裸の街路樹も、乾いた風に身を縮めているみたいに見える。

「だな」

小さく答えながら、高槻くんは空をあおぐ。

夜に浮かんだ星の光は、何にも遮られることなくまっすぐにここまで届いている気がした。夏の空気とは全然違って、冬の空はきんと痺れるくらい澄んでいる。

「私、勉強頑張るから。冬休み、いっぱい遊ぼうね」

「うん。けど、無理はしなくていいから」

通りを並んで歩きながら、高槻くんはちらりと私を見下ろす。暗くてわかりづらいけど、どことなく顔が赤い気がした。寒さのせいかな。

「……奈央。もし、塾に行かなくてもよくなったらさ」

「うん?」

「二十四日、会える?」

「二十四日……て」

頭の中でカレンダーをめくって、胸が鳴った。

十二月二十四日。クリスマスイヴ。

ここ数年『ちょっと夕飯が豪華になってケーキが出てくる日』くらいにしか思っていなかった日が、急に色鮮やかなイルミネーションに彩られる。

高槻くんはちょっと照れたように頬をかいて、足元に視線を落とした。

「学校はもうないからさ、昼間、うち来ない? 親は仕事だし遼は学童だから、久しぶりにゆっくり話せるし。そんで暗くなってから駅前のツリーを見に……」

「頑張る!」

「へ?」

きょとんとしている彼の手を、両手でつかんだ。しっとりと手になじんで溶けていく高槻くんの体温。逃がさないようにぎゅっと握りしめて、私は誓うように言い放つ。

「私、勉強頑張る。イヴに高槻くんに会いたい！」

外灯の明かりを映した彼の目が、驚いたように見開かれる。すると、高槻くんは慌てたように顔をそらしてしまった。

えっと思って私はとっさに手を離す。

「ご、ごめん。力入れすぎちゃった」

言い方、おかしかったかな。重い感じだった？　それともやっぱり手が痛かったかな。私、握力結構あるし……。

なんて彼の目線が離れてしまったことを不安に思っていると、冷えた空気に取り残されていた手がふいにぬくもりに包まれた。

私の手を握り締め、高槻くんはもう片方の手で口元を隠すように振り返る。気のせいか、彼の顔が真っ赤に染まっている気がする。

……いや。気のせいじゃない、かも。

耳まで赤くしながら、高槻くんはまっすぐ私を見下ろす。

「やっぱり、頑張って！　勉強」

「え……？」

「俺も、奈央とクリスマスイヴ、一緒に過ごしたいから」

流れ星が落ちたみたいに、私もどこかへ落ちていく感じがした。胸がきゅうっと縮んで、一瞬、息ができなくなる。

私、こんなに欲張りだったかな。

幽霊みたいな存在でいい、友達なんて、ましてや恋人なんていらない。できるわけない、と思って高校生活を過ごしていたのに。

今では友達も大事にしたいし、スマホも欲しいし、何より高槻くんともっと一緒にいたいと思っている。

何ひとついらないとあきらめていたあの頃よりも、自分の手で欲しいものを掴める今のほうが、ずっと自由な気がした。

「うん、絶対に頑張るね！」

こんなふうに目標を与えられることで、人間のやる気というのはみなぎるのかもしれない。

星空の下、高槻くんと並んで駅まで歩きながら、寒さを忘れるくらいの心地よさを右手に感じていた。

それから二週間、私はみっちり勉強をした。それこそ受験勉強を頑張ったときみたいに、アカツキくんが作ってくれたスケジュールに沿って、懸命に突っ走った。

だから、きっと大丈夫なはずだ。

ねえ、神様、そうでしょう？

お弁当の匂いが漂いはじめた教室の隅で、朝子と高槻くんとアカツキくんと、順番に目を合わせる。

ごくんとつばを飲み込んで心を決め、私はゆっくりと手の中の成績票を開いた。


期末テストが終わり、結果が返ってきてから一週間後、終業式が無事に終わった。

それから週が明けた月曜日。

「お邪魔、します」

何度も訪れたことがあるのに、高槻くんの家はいつもと少しだけ様子が違う。壁に飾られた家族の写真を改めて眺めながら、違和感の正体に気づいた。

遼くんがいないからだ。

いつもここに来るときは必ず彼もいっしょだったから、少しだけ変な感じがする。

「ソファに座ってて。今、飲みもん持ってく」

「うん、ありがとう」

着慣れないワンピースの裾を気にしながら、私は灰色のソファへと沈み込む。白いふわふわの飾りがついた髪ゴムに、同じ飾りのついたイヤリング。耳を引っ張られているような慣れない感触を気にしながら、朝の光景を思い返してため息をついた。

クリスマスイヴにデートなんて甘酸っぱいな！　と言いながら翔馬兄がコーディネートしてくれた今日の服や装飾品は、なんと兄からのご褒美だという。

『勉強を頑張ったお祝い』なんて言ってたけど、あとでその分の金を返せと言われる気がして素直に喜べない。でも、ひとつだけ確実なのは、兄のセンスは疑いようもなく私より優れているということだ。

本棚のガラスに映った自分を見て、うれしいような恥ずかしいような気持ちになる。そこにいるのは、『気合たっぷり』なかわいい女の子スタイルの自分だった。

「しっかし、本当、すごかったな。奈央の成績」

ソファの前の背の低いテーブルに紅茶を用意してくれた高槻くんが、そのままラグマットにあぐらをかいた。

えへへ、と照れ笑いをしながら、私は持参した箱を開く。昨日、お母さんに教えてもらいながら作ったのは、パイ生地を使ったミルフィーユ風のイチゴのケーキだ。

「半分どころか、百番以内って。すげージャンプアップ」

「うん、先生にもびっくりされた。何があったんだって」

塾通いも回避できたし、スマホも約束通りに買ってもらえたけれど、なんとなく後ろめたい気持ちもあった。

「なんか、ご褒美がほしいから頑張ったみたいで、ちょっと恥ずかしい」

肩を縮めて笑う私に、高槻くんはきょとんと目をまたたく。

「なんで？　普通のことじゃん。目標がなかったら、そもそもやる気なんて起きないし。奈央はもっと、頑張った自分を褒めていいんじゃん？」

不思議だった。

高槻くんに肯定されると、心が全部軽くなる気がする。彼と話をしているだけで、翔馬兄に対するもやもやとか、自分の格好の気恥ずかしさとか、何もかもがどうでもよくなる。

全部、うれしいとか、楽しいとか、前向きな気持ちに変わってしまう。

「うん。ありがとう」

好きだな、と思う。

ざっくりニットのパーカーつきカーディガン。冬服の私服姿もやっぱりカッコいい。でも外側だけじゃなくて、高槻くんは中身もすごくカッコいい。付き合うようになってから、高槻くんのことをもっともっと好きになっている気がした。

この気持ちってどこまでいっちゃうんだろうと、不安になる。ちゃんと止まる日が来るのかな。

「はい、これ」

ふと、ラグに座ったままの高槻くんが紙袋を差し出した。私はぽかんとしつつそれを受け取る。

「俺からのクリスマスプレゼント」

「えっ」

私は手元を見下ろした。小さな紙袋の中には、手のひらくらいの大きさのかわいくラッピングされた箱が入っている。

「ごめん。私、プレゼント用意してない」

「いいよ。このケーキ作ってきてくれたし」

「で、でも」

「とりあえず、それ開けてみて」

「……うん」

緊張しながらリボンをほどき、丁寧に包装紙を外して中身を開けてみる。

出てきたのは、キラキラの星やハートの飾りがたくさん入っている長方形のケースだった。水が入っているのか、動かすとラメがゆっくり移動する。

「うわ、かわいい。スノードームみたい」

「スマホ、貸してみて」

高槻くんに言われ、私はまったく使い慣れていないスマホをカバンから取り出した。

それを受け取り、彼はキラキラのケースをぱちんとはめる。

「スマホケースなんだ」

「うわあ」

何の装飾もなくて味気《あじけ》ないだけだった機械の塊が、急に特別なものに変わった気がした。

「かわいい！　ありがとう！　うれしい！」

大好き、と言いそうになって、慌てて口をつぐむ。

ああどうしよう。ゆらゆらときらめきが揺れ動くこのスマホケースみたいに、柔らかくて丸くて、ぱちぱちと弾けるような感覚が胸からあふれ出して止まらない。

スマホをぎゅっと抱きしめて、こみ上げそうになる何かを懸命に堪えた。

もう、高槻くんて本当にずるい。

どうしてそんなに、私を喜ばせることばっかりするんだろう。

「……私も、高槻くんを喜ばせたい」

つぶやくと、彼は不思議そうに「ん？」と顔を上げた。

「ねえ高槻くん。何か欲しいものとか、してほしいこととかない？」

「……えっ」

「私も、何かあげたい」

そうじゃないと不公平になっちゃう。

「何かない？」

ソファから下り、両手を床につきながら高槻くんにぐいぐい迫っていくと、それに合わせるように彼はラグの上を後退した。

「いや、奈央、ちょっと」

「ね、何か、私にできること」

「お、落ちつけって」

「だって、あっ」

「うわ」

前のめりになりすぎたせいで、私は勢いあまって高槻くんになだれ込んだ。どさりと音がして、彼を下敷きにする形で倒れ込む。

「いたた」

目を上げると、すぐそばに整った顔があった。彼の胸にしがみつく体勢でのしかかっていることに気づき、慌てて体を起こす。

「ご、ごめん高槻くん。大丈夫……？」

彼は動かなかった。目をきつくつぶったまま、床に大の字になっている。よく見ると首まで真っ赤で、きつくこぶしを握っている。

「高槻、くん？」

おそるおそる顔を覗き込むと、彼は苦しそうに私を見上げてから、ゆっくりと体を起こした。私に背を向ける形であぐらをかき、「はあ」とため息をつく。

どうしよう。やらかしてしまった。

無理やりに迫るようなことをして、彼に迷惑をかけてしまった。

呆れてる……よね？

リビングを覆う沈黙に押しつぶされそうになっていると、

「あのですね、奈央さん」

急に敬語を使われて、思わず「はい」と姿勢を正した。

正面に座っている広い背中はめずらしく丸まっていて、黒い髪からのぞく耳は真っ赤だ。

「俺、いろいろ……ギリギリなんで、あんまり刺激しないでもらえますか」

「……は、はい」

いまいち意味がわからないまま答えると、彼は振り返った。相変わらず赤い顔のまま、困ったように私を見ている。

「……ごめんなさい」

つい謝ると、もう一度「はあ」とため息をつかれた。

「……わかってないくせに」

ぽつりとつぶやかれた声に、少しだけむっとなる。

「わ、わからないよ。高槻くんの考えてることとなんて」

何をしてあげれば喜ぶのかとか、どうすれば笑ってくれるのかとか。

「私ばっかり、いろいろもらってて」

私だって、高槻くんにいろいろあげたいのに。

何をどうすれば喜んでもらえるのか、わからない。

「俺も、いっぱいもらってる」

ぽつりと落ちた言葉に顔を上げると、高槻くんの優しく笑った顔が目に入った。

「奈央と一緒にいると、無色透明の世界に、色がついたみたいになる」

きゅっと胸が音を立てる。

春や夏や秋や冬。季節が移るごとに世界に耳を傾けて、音を聞き、匂いを感じ、景色を楽しんでいる高槻くん。そんな彼の世界で、私は何色に映っているのだろう。

「奈央がそばにいるだけで、俺自身が知らなかった、いろんな感情に出合える」

だから、キミはそばにいてくれるだけでいい。

そう言って、彼は微笑む。

目じりがわずかに下がって、口角が一ミリだけ上がる。それだけの、ほんのささいな表情の動きだ。

　顔全体で喜びを表現する星野くんやアカツキくんとは全然違う、高槻くんの笑い方。

それでも私は、彼のこの微笑みがとても好きだった。

うれしい。楽しい。

　心と直接つながっているみたいに表情に表れる、高槻くんの気持ち。

「あ、でもひとつだけ」

「え？」

　少し照れたように目をそらしてから、彼は決意したように私に視線を戻した。

「頼みっていうか……してほしいこと、あった」

「なになに？」

　意気込んで見上げると、彼は言いづらそうに唇をもごもご動かし、やがて口にした。

「名前、呼んでほしい」

「え？」

「苗字じゃなくて、下の名前で」

　彼の言葉がとっさには理解できず、数秒たってから頬が燃えた。

「え……え」

「俺だけ奈央って下の名前で呼んでる」

ずるい、と拗ねたように唇を突き出す高槻くんに、私はしどろもどろになる。

「え、え、いや、でも」

下の名前なんて、恥ずかしくて呼べない。

「奈央が言ったんじゃん。してほしいことないのって」

「そ、そうだけど……」

「じゃあ、呼んでよ」

「う……」

いつも優しい高槻くんが、妙にイジワルに見えてくる。

「ん？」と迫るように私に顔を近づけてくる彼から視線をそらして、私は深呼吸をした。

「れ……」

こんなことくらいで、高槻くんが本当に喜んでくれるのかわからないけれど。

声が震えそうになって、どうにか堪える。

「レオ……くん」

口にした途端、ぶわっと全身が熱くなった。

何これ、めちゃくちゃ恥ずかしい。

真っ赤になってうつむいていると、正面からぽつりと言葉が落ちた。

「あー……やばい」

「へ」

何がやばいの、と尋ねようとした瞬間、伸びてきた手に後頭部を引き寄せられた。

「え──」

顔が近づいて、少しだけ切なそうな切れ長の目と視線がぶつかる。

「たかつ──」

顔を抱きかかえられるようにして、気がつくと頰に唇が当てられていた。顔を傾けた彼の首筋が目に飛び込んでくる。そのまま、ぎゅっと抱きしめられた。

高槻くんの匂いに包まれる──。

「……はあ。俺いつまで耐えられるかな……」

そんな声が聞こえたけれど、心臓が爆発したみたいに鳴り響いていて、意味を深く考えることもできなかった。いつも手のひらから感じていた彼のぬくもりに、すっぽり包まれている。

胸の動悸が狂ったみたいに音を刻んでいた。

手をつないで歩くことに慣れても、やっぱり高槻くんに触れると心臓はバカみたいに騒ぐ。

「ほんと頼むから、あんまり俺を刺激しないで」

私の髪に口をつけるようにして、高槻くんがつぶやいた。

自分のものか高槻くんのものかわからない心臓の音を聞きながら、私は考える。

きっと、こんなふうに触れ合ううちに少しずつ抱き合うことにも慣れて、そして進んだ先でまた別のドキドキと出合うのだ。

高槻くんと一緒に、高槻くんと同じペースで。

だから、いつまでもそばにいたいと思った。高槻くんと、どこまでも一緒に、ゆっくり歩いていきたいな。

「ねえ、た……レオくん」

「ん？」

「大好き」

「……もうほんと、勘弁して、奈央さん」

降参、と泣きそうな声で言う彼に、思わず笑ってしまった。

いつのまにか、ふたりで一緒にいるこの時間が私にとってかけがいのないものになっている。

この温かくて柔らかな時間のためなら、なんだって頑張れる気がした。

きっとこの先……何があっても、キミとなら——。

END.

あとがき

こんにちは、はづきこおりです。『それでもキミをあきらめない』としてこちらの作品を書いてから五年がたちました。その間ケータイ小説文庫ブルーレーベルにて本にしていただき、今回またご縁をいただいて出版する運びとなりました。

野いちご文庫では表紙がイラストであるばかりか、人物紹介や口絵まであるということで、自分の創作したキャラクターを絵にしてもらえるという喜びを存分に噛みしめる編集作業となりました。編集作業をする時間が確保できず厳しいときもありましたが、イラストのすばらしさに毎度悶絶しながらどうにか、この「あとがき」を書いている現在某日水曜日の午前三時です。明日は屍《しかばね》確定です。

自分のキャラクターであることを失念するくらいキャラを見事に描き出してくださった中野まや花先生は（偶然ですが）読んでいた漫画の作者様だったこともあり、イラストを担当していただけて感激でした。ありがとうございました。

今回久しぶりに物語を読み返し、奈央たちの番外編を書き下ろしました。高校生の感覚をすっかり忘れていたのでなかなか書き出せずに苦労しましたが、一度筆を滑らせると頭の中で奈央や礼央が勝手に動いてくれました。礼央はいつになったら報われるのかなと思いながら我慢させるのが大変楽しかったです。

ちなみにこちらの番外編に登場するアカツキは、野いちごサイトで公開中の作品でヒーローとして登場しています。顔面偏差値トップ五のほかのメンバーも出てくるので、よければそちらも覗いてみてくださいませ。

五年前の作品なのに今でも読者様から感想をいただくことがあり、そのたびにうれしい気持ちになります。自分の物語を変わらず読んでくださる人がいる。それは、書き手にとってこれ以上ない喜びです。

とても思い入れの深いこちらの作品を今回野いちご文庫という新しい形にしてもらえたことに感謝の気持ちでいっぱいです。さまざまな形で本書に携わってくださった皆様、ありがとうございました。この作品をお手に取ってくださった読者様にも、感謝申し上げます。

またいつか、どこかでお会いできるとうれしいです。

二〇一九年九月二十五日　はづきこおり

はづきこおり

東京都在住。スターツ出版が主催した第1回ベリーズ文庫大賞にて大賞を受賞し、2014年6月に『婚カチュ。』が書籍化。2015年6月に『それでもキミをあきらめない』が書籍化される。

中野まや花（なかのまやか）

愛知県在住の漫画家。講談社THEデザート「明日世界が終わるなら」でデビュー。代表作は、『文学処女』(LINEコミックス)。趣味は猫にはなちゅーすること。noicomiにて、『恋をするならキミ以外』（原作『キミの隣で恋をおしえて』ももしろ／著）をコミカライズ。

はづきこおり先生への
ファンレター宛先

〒104-0031　東京都中央区京橋1-3-1　八重洲口大栄ビル7F
スターツ出版（株）書籍編集部気付　はづきこおり先生

本作は2015年6月に小社より刊行された「それでもキミをあきらめない」に、加筆・修正をしたものです。

この物語はフィクションです。

実在の人物、団体等とは一切関係がありません。

ずっと前から好きだった。

2019年9月25日　初版第1刷発行

著　者　はづきこおり　©Koori Haduki 2019

発行人　菊地修一

イラスト　中野まや花

デザイン　齋藤知恵子

DTP　株式会社 光邦

編集　相川有希子　酒井久美子

発行所　スターツ出版株式会社
〒104-0031
東京都中央区京橋1-3-1 八重洲口大栄ビル7F
TEL 出版マーケティンググループ 03-6202-0386（ご注文等に関するお問い合わせ）
https://starts-pub.jp/

印刷所　株式会社 光邦
Printed in Japan

ISBN 978-4-8137-0764-6 C0193

恋するキミのそばに。

♥野いちご文庫人気の既刊！♥

幼なじみとナイショの恋。

ひなたさくら・著

母親から、幼なじみ・悠斗との接触を禁じられている高1の結衣。それでも彼を一途に想う結衣は、幼い頃に悠斗と交わした『秘密の関係』を守り続けていた。そんな中、2人の関係を脅かす出来事が起こり…。恋や家庭の事情、迷いながらも懸命に立ち向かっていく2人の、とびきり切ない恋物語。

ISBN978-4-8137-0748-6　定価：本体620円＋税

ずっと恋していたいから、幼なじみのままでいて。

岩長咲耶《いわながさくや》・著

内気で引っ込み思案な瑞樹は、文武両道でイケメンの幼なじみ・雄太にずっと恋してる。周りからは両思いに見られているふたりだけど、瑞樹は今の関係を壊したくなくて雄太からの告白を断ってしまって…。ピュアで一途な瑞樹とまっすぐな想いを寄せる雄太。ふたりの臆病な恋の行方は――？

ISBN978-4-8137-0728-8　定価：本体590円＋税

早く気づけよ、好きだって。

miNato《ミナト》・著

入学式のある出会いによって、桃と春はしだいに惹かれてあう。誰にも心を開かず、サッカーからも遠ざかり、親友との関係に苦悩する春を、助けようとする桃。そんな中、桃はイケメン幼なじみの蓮から想いを打ち明けられ…。不器用なふたりと仲間が織りなすハートウォーミングストーリー。

ISBN978-4-8137-0710-3　定価：本体600円＋税

大好きなきみと、初恋をもう一度。

星咲《ほしざき》りら・著

ある出来事から同級生の絢斗に惹かれはじめた菜々花。勢いで告白すると、すんなりOKされてふたりはカップルに。初めてのデート、そして初めての……ドキドキが止まらない日々のなか、突然絢斗から別れを切り出される。それには理由があるようで…。ふたりのピュアな想いに泣きキュン！

ISBN978-4-8137-0687-8　定価：本体570円＋税